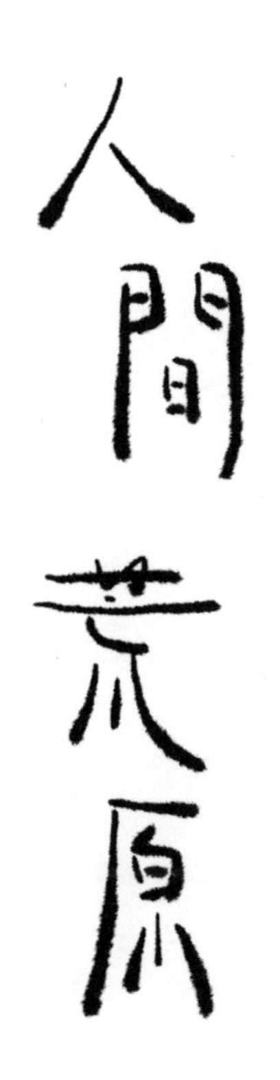

葉 秋 弦

但我最關心的還是我生活的地方，哪怕是很小很小的地方，對我有意義就是。對你的生活，她說，你要有誠意，你不會介意外人對它沒有興趣。

——〈土瓜灣敘事〉，西西

目錄

輯一　潮濕記憶

輯二 身體拓印

輯三 人影離像

輯四
無傷時代

推薦序

這麼近，那麼遠——讀《人間荒原》

我總記得這女孩在課堂上專注的眼神，詮釋文本如斯敬謹慎重，説起紀錄片《被遺忘的時光》，能同理失智老人的感受，論述《血色海灣》的殺戮暴力則是坦然無畏；她對文學有種天真有種無端的熱情，像一根頑強的火柴，要燃燒出一宇宙的光亮。想起秋弦在《綠皮火車》出版後寫給我的短箋：「現實的觸感越來越深」，的確，她從不迴避現實，卻總帶着一種「浪漫的想望」，在各種限制與羈絆之中，創造出屬於自己的詩意異托邦。

散文總是貼近生活，照見自我。文字如何呈現一個生命內在的岩層結構？散文如何記憶一個時代？她不僅是丈量生活的場域（從北角走到銅鑼灣），文字中駐留的還有泰順街的巷弄風景，基隆的味蕾滋味以及天水圍的夜霧。〈烏克蘭沒有戰爭〉寫出了旁觀者的冷然與功利，人心的病毒；〈明天之後〉記錄二〇二二年城市下午七點十分的突然斷電，透過紀實的筆法，反襯了後疫情時代的「失城」情境。戰爭是什麼？那麼遠又這麼近。它可以是媒體上所見的各種殘酷影像，它也可以是一種氛圍，我們都是戰爭的倖存者。但秋弦並不刻意突顯這些沉重的議題，她生活在其中。於是，拔除智齒的歷程，彷彿是倫理維度的試驗紙；從醫生挖除凝結的膿，重建了對港島醫生的信任；照射 MRI 之後的判讀，面對身體隱密的疼痛有了解答，書寫自我的當下，也銘刻了城市的紋理，時代的感覺結構。

書中時常以括弧內的文字敘寫來表述自己的深沉的提問，或許可以用電影的「畫外音」來解讀。〈隔離於城〉寫着：「你終於明白不是你選擇生活，而是生活選擇了你」，相似的觀點還有〈「沒事的，你那麼年輕。」〉：「反正，是命運選擇你而不是你選擇它」。究竟是生活場域讓人沒有選擇的權力/權利？還是尚未練好情感的核心肌群？或者，這是時代的共相？一如〈「沒事的，你那麼年輕。」〉那篇文章的結語：「因為年輕，此後我們共生的日子，將一如既往地漫長。」這是在說脊椎退化的疼痛？自己和陪伴看病的S的實景？或者，是年輕的自己與「自我」

的生活隱喻?「畫外音」創造了一種懸念，有一種清亮的憂傷，也有一種影像式的淡出暫停。

這本散文中的情感流動時而壯烈迂迴，時而低調內斂。這種或近或遠的拉鋸，形成一種矛盾的張力，用秋弦自己的話來說，可能是「青春是一個極度複雜的詞彙，糅合過多、過量、過重的情緒與不適應」。對於感情的渴求，像極了「頑固橫生」的智齒，秋日心弦重重，這感情彷彿可以譜寫成一部交響曲。關於家庭，是另一個情感結界，與母親身影覆疊，父親「疑幻似真」，「每個人都有回不去的故鄉」，一如韶城與港島，這麼近那麼遠。散文是一面映射關係與本質的鏡子，書寫家庭實難，必須用自己能夠辨識的文法梳理隱藏於內心的皺褶。審視輯四的標題關鍵詞，竟是「離」、「廢」、「裂」、「罪」、「傷」，那是靈魂的傾吐與內在的協商，意志與命運的頡頏對話。

秋弦善於描摹再現，文中書寫台港兩地的作家，讓人浮想聯翩。「潮濕記憶」的標題，讓人聯想劉以鬯《酒徒》的引言：「所有的記憶都是潮濕的」，以童偉格《無傷時代》為標題及篇名，或許有致敬的意味。書中引述潘國靈的《離》，念茲在茲的黃碧雲……這本書扉頁引用的是西西的〈土瓜灣敘事〉，以及輯三為西西書寫的追憶文，總和來看，竟是這一代青年寫作者的當代文學閱讀史。但我最欣賞的是〈租書店的女兒〉，不是因為她書寫的是我輩鍾愛的作家蘇偉貞（她的南都座標），而是文中呈現的那種自在坦率，那樣颯爽的真性情；傳奇的相遇，帥氣的重逢。偉貞老師給她的簽名：「擁有完整的自己」，這是時間的琥珀之光，請一定要記住，不輕易放棄自由的心靈。

「人間荒原」不僅是這本書的同題之作，在《綠皮火車．白牆石身》也出現了「荒原」。荒蕪無助的意象，或許是她對於命運以及時間真實的體會與觀察，然而「生命是時時刻刻不知如何是好」，也許荒原有它隱蔽的靈犀，藉由書寫可以抵達荒漠中的心井，與人間建構某種具能動性的連結。

祝福秋弦。

范宜如

於臺灣師大國文系八三四研究室

二〇二四年五月二十四日

自序

微塵的幸運

這是我的第二部散文集，一切恍若重生。

三年過去，這三年到底做了什麼？我問自己，迴廊上的影子沒有回音。好像很多事情，命運之手秘而不宣，以它一貫沉默的方式引領，走向「夜淵」。

新書一旦出版，對我來說都是過去。沒有仔細為每一篇作品戳下日期，是因為覺得不必，小人物小故事，平凡樣貌，一刻也許曾栩栩如生。作品脱離了我，形成了書，那就是時間定格的畫面。所以你讀到什麼，便是什麼。那些是過去的一部分，放在時間之外的箱子裏。

這幾年，世界或個人生命的突變不在話下，我們鍾愛的城市亦然。如朋友形容——我們又活過一年。那樣實在太好了。我在一艘潛行海底的時空船中翻來覆去漫遊良久，願望卑微，也只是希望到達一間明室。（距離明室的路，還有多遠？）

「人從自身的視角，只能從矛盾中看到現實。他愈忠於自己所見的矛盾，就愈願意接受現實。」一書上讀到這句，一刻震驚。愈活下去發現接受現實是多麼困難的一件事啊。

生命充滿矛盾的張力，於日常，於家庭，於所有人在的場所，沒有人是永遠自由的。（自由也是必須付出代價的。我追逐，並繼續付出。）如果我的筆不擅於挖掘美妙絕倫的陽光事物，僅僅是因為不懂寫，不代表無感知。那麼，寫作就回歸到最純粹的原初——忠於自己，交出我最真實的作品。

在一名作者之上，首先是一名讀者，謙卑與慈悲是我這兩年學到最大的課題。回想起來，還是要謝謝當初把我推向出版軌道的香港作家潘國靈，以及隔海一方伴我「同在」的台灣作家蘇偉貞。如果《綠皮火車》沒有成書，沒有鼓勵，沒有寫下去，很難生出《人間荒原》。另外，謝謝願意撰序的范宜如教授，是她開啟了我閱讀黃碧雲的世界。

從《綠皮火車》到《人間荒原》，經歷了閉關兩年多的疫情/後疫情狀態，這段時間沒有飛行，困頓日子並非一成不變，反而城市已經翻天覆地：招牌拆的拆，店鋪關的關，霓虹滅的滅，人去樓空，要走的人還是會走。（一天我們也會經歷別離嗎？）歷史不斷上演又落幕，我們循環着循環本身。世界紛擾，最終沒能留得住什麼，你說對吧？

流浪的夢好遙遠了。在無法預料未來的日子裏，也無法預料讀着這本書的你十年後會在哪裏。不想太遙遠的事情，下山而行，一步一步地專心走路。我們面對與上一代、上上一代與眾不同的離散與重逢，這回，掀起別離路的不再是硝煙。未必是悲觀，而是有感我們正集體走向消亡。也好，這種必然卻不會令我心慌。

謝謝負責本書裝幀設計及排版的設計師 Bear，我們合作無間，一起編排設計了不少好書，記憶封印。謝謝匯智出版，繼《綠皮火車》後再度合作。

事情接二連三就這樣發生。微塵於月光底下，在堅硬的水泥地上透着一點光亮。我深知，微塵有微塵的幸運。

寫作就像一個人在森林裏玩捉迷藏的遊戲。孤獨的探戈，與杯觥交錯。我非常享受這種自由，至少，在我們還能成為自己的時候。

二〇二四年四月

輯一

潮濕記憶

人間荒原

一、農曆初春

攝氏溫度七度。苦雨不停地下。

早上，五顏六色的傘陣在樓下排隊，沿着蜿蜒斜坡繞成一條長長又曲折的尾巴，立着的人體這回不是遊行或抗議，而是他們擔心自己體內有毒。

任誰都不是百毒不侵，一股濕氣迎面撲來，滲透入骨，如一把濕透了的傘，水珠滴滴掛在骨架滴答滴答，每一步路，每抬起手臂，那份感覺盡是沉重。

思緒忽然跳接到一幅大霧瀰漫的電影畫面。

畫面往後退去，一格一格地，眼前黃沙漫天紛飛，想像中的大漠荒原，你一個人站在那裏。

時間就這樣乾巴巴晾了起來，曬成鹹魚的形狀。四周荒無人煙，你想起了本來同行的男子身影消失，是P嗎是Y嗎是M嗎還是毫無關係的H？他們的臉在記憶裏重疊變形甚至扭曲地凝視着你，但漸漸地都在大漠荒原裏隱去了身影。

忽然腳撐了一下踏空後驚醒。早上七點不到，浸泡在夢中的意識，伸手把它拔了回來。窗外濃霧。

起床到浴室刷牙，你挽起袖子露出白皙皮膚，但鏡子折射左手臂上被熱油吻過的小塊，像一隻扁掉的小蚊子死了晾在那裏，一動也不動，從胭脂紅漸漸褪成山茶紅，兩週過去現在變成了淡淡的駝色，近距離凝視，深深淺淺的皺褶坑紋蜿蜒曲折。那天他回來你與沖沖蕩去街市為了買一條魚，只剩盲鰽可選，盲鰽台灣叫「金目鱸」，頭部吻尖而短，全身青灰色，體形扁長。牠是你認知的魚種之一，清蒸後肉質鮮美嫩滑。除了盲鰽外，你熟悉的沙巴龍躉（Sabah Giant Grouper）這種平價養殖魚，來自馬來西亞研發的品種，由花尾龍躉與老虎斑雜交而成，生長速度尤其驚人。對魚的認知不多，事後才發現不同魚類的生長會直接影響海洋生態環境。人世何嘗不是如此？

防疫期間學會做的蒸魚、鮮蔬蒸蛋、烤南瓜片、煙三文魚麵包沙律……沒有一一把菜式記下來，只是太懶。從前你甚少接近的廚房，如今拿起鍋子煎魚炒菜顯得游刃有餘。冬天水龍頭流出來的水會散發一種蝕骨的寒涼，這是四季輪替的象徵，冬天氣溫終於降至低於十度，雨滴答滴答下個不停敲打玻璃窗，窗邊蒙了一層薄薄的白霧，你無聊地寫上「秋」字，後來霧氣散去，你發現字體消失得毫無蹤跡。

農曆年過得十分平靜，不只是因為疫情。當家人都不在身邊，好像就沒有「年」必須過了。這樣也好，樂得清幽。你拿了鑰匙和手機出門下樓，放任腳步在城市裏漫步許久，一張張疫情下憂愁又匆忙的臉在眼前掠過，酒精在街道飄飛，熱鬧與冷清並存收攏在眼皮底下。許多事情只是一線之差。（如同壓死駱駝的最後一根稻草。）後來你竟誤打誤撞爬上了一座小山，看見山腰有梯，便踏足而行。穿着一雙黑色短靴，咯咯而上，途中發現一整排觀音娘娘凝神立在山邊，形狀各異神色自若，再往上爬，一個早已荒廢的蹲廁袒露在光天化日之下，那麼赤裸裸地表示「此曾在」。此地曾有人也有家，日子灰飛煙滅人去樓空。回去翻查資料，才知道自己踏入了當年寮屋區的範圍。

你看着天空由白晝漸漸暗了一層，再暗一層，漸漸濃墨暈染了歷史的純白，後來抬頭已見全黑。夜幕低垂，無邊的夜。

二、對倒生活

年後居家工作，有天屋裏悶得慌。於是拿起鑰匙和手機，到樓下點根煙。準確地說，你是撐着傘在雨下抽煙，另一邊廂的人仍在排隊測毒。日日社會就是這樣，有人趕着囤積食物有人趕着排隊檢測也有人趕着回公司交人。一把海軍藍長傘罩在頭頂，以前總是他提着它，下樓和你撐傘渡雨，或走進電影院看一場戲。他不在的日子你住進他的身體，你在日記上寫着：「聞着你房裏殘留的氣息，如常生活。你書櫃裏的書，我打量着翻閱着，挑本自己那刻想讀的，坐在你的書桌前，打開那盞灰罩光亮的枱燈，讀着。睡前，走到木門前扭轉鎖頭，咔嗒一聲，鎖門的聲音又很像你。」一煙絲燃燒眼前的濃霧也在燃燒，到處白茫茫一片，樹影人影彷彿添加了濾鏡。隱約瞥見檢測站終於不再大排長龍蜿蜒至斜坡上，終於還回一片寧靜空地。因口罩拉下，寒氣又逼近，你感受着煙絲為空氣帶來的一點點熱度與陪伴。

但煙絲燒完，熱度熄滅，陪伴也只能是一時。

至少你擁有一個空間，一個人。他暫居在另一幽靜的處所，你們以影子的對倒隔離生活。黃昏的時候，開始動手撕下片片日曆，從米黃紙身上的數字意識到，一日又將盡。盤腿坐在一張寬厚椅子上，他的聲音傳來：「嘿，凳子怎麼坐的？提醒你多少次，背脊靠好椅背。」我知道我總是坐得彆扭、歪曲，腰就像一條蛇般總是無法穩穩固定在椅背。每年發炎一次的背脊肌肉使我去年終於踏入醫院見骨科醫生，醫生說，你這麼年輕，背就不好。我知道自己喜歡蹺腳，或者屁股滑到凳子邊緣，腿就伸長到附近可以晾的地方。從小母親就說：「你冇腰骨呀。」腰骨有的，只是太直。骨醫說，脊椎太直，弧度不夠。

弧度不夠會怎樣嗎？會的，支撐力出現問題，兩側肌肉受力不平均，更容易引起發炎。這如同你無論多麼努力用心，每段感情的崎嶇起伏坑坑窪窪，有時無法達到一定高度那只是命，你不夠幸運。記起大二那年，腰痛初始發作。從萬隆租屋處爬下樓梯，攔計程車奔向三軍總醫院的那一段路程好漫長啊，華燈初上夜色如謎，點點色彩卻摻不進你的世界裏。疲累身軀在車上搖搖晃晃，你在陌生城市裏首次體會到，真正的荒涼是空無一物，身心皆然。

無論你多麼不想在年輕時就明白什麼，最深刻的人性，一面一面地像幻燈片似的於眼前放映。

生活的浪漫偶爾會有。但不如孤獨長久。

三、Nothing and Something

夢。不外乎是一場又一場，做不完的夢。

烏克蘭開戰，俄國軍隊大舉入侵，坦克車高速輾過房車，你希望那只是你夢裏的灰調，不屬於他們。

但導彈射向民居大樓中間是真的，幾十層高的樓出現一個大窟窿，像一顆被掏空的水果，事後佈滿灰塵。不知道當時屋裏有沒有人或小動物，但一個家就這樣一瞬間燒焦變成廢墟，窗戶碎片跌落，床的外側空空如也。毀滅力量還是人類最強，無關乎仇恨，只是野心。有野心，所以靠近。

有史以來第一次感覺到「戰爭」兩個字形象化的面貌，每天新聞媒體即時影片傳送，因此Netflix那套《二戰大事紀（彩色版）》撼動不了你。赤裸裸的新聞畫面才有辦法勾住你的心。（是不是影像出現了重疊？）二〇一九年，儘管街頭也濃煙滾滾。「戰役」的層次化你從小說中讀到，不只是槍炮原來病毒也可以帶來毀滅——更隱形、更無聲無息，鑽進你的身體。

不用擔心，更好或者更壞，前面都有，根本沒有哪裏是盡頭。動盪有動盪的畫面，天天都是喧鬧畫面在上演。HL說，Nothing。只有人以為他們自己是Something。我笑了。

瘋子在失常世界瘋言瘋語他還算不算瘋子，這個問題我想了頗久。理解事物的邏輯還管用嗎？俄國軍隊那麼大剌剌地進入他國領土，背棄自己的人民，背棄文明社會的核心價值，普京帶着他的野心以武器扭曲城市面容。我看着電視裏戰機滿天飛忽然就想起白先勇的短篇小説〈一把青〉，那個關於空軍的故事。（軍人從來就沒有選擇）所以國家的野心，由軍隊償還。四天過去，超過五千名俄軍的生命，在炸裂之下最後一口氣就沒了。

當然世界各地後來還發生大大小小的戰爭。亂不止息。

四、人間荒原

後來比遠方戰爭更令人恐懼的是，第五波疫情來襲（醫學專家説，第六波是免不了的）。醫院的地面堆積滿滿的屍體，醫院走道、急診室、病房，有時捆綁一起的是兩條屍（他們互相認識嗎？），遺言未來得及留下，就睡進了停屍間或臨時貨櫃冷凍庫，恩恤探訪不適用於染疫患者，死亡成了隔絕一方的天涯。

「被抽調到急診室的護士説，那些染疫送來急救的老人，一堆一堆根本照顧不來，看着他們一個一個地走了。」

「還有，在荃灣開院舍的朋友説，她那裏，大概有一半的老人死掉。」

棺木落在這敗壞的人間，屍體被剁成無人探訪的碎片。

煮晚餐時，新聞報道說，香港春天的花要開了。隨後社交媒體出現一大片一大片花的蹤跡，人們追逐花的身影。那些黃金風鈴木、木棉、鐘花櫻桃、宮粉羊蹄甲、櫻花、杜鵑⋯⋯但這裏沒有宛如雪的白流蘇或加羅魚林木，也沒有非常年輕的心情。（沒過多久，一年一度的腰患重臨，果然再度來襲。）

有天晚上我躺在一個很長又很碎的夢裏，醒來覺得舌尖苦澀。夢分了好幾層 layers，我在不同 layers 裏遇見不同的人，但他們又互為關聯。首次感覺到夢的暗啞，一股說不出口的、舔起來像濃黑咖啡般的苦澀，舌尖散發一陣悵惘。

窗外落了一地火紅火紅的木棉，燒遍人行道與草叢邊。以雙層口罩與酒精消毒液迎接萬物復甦，說來有點畸形，但是伴隨的那一點點恐慌與一大把失常，肉身仍留在這發臭腐朽的人間荒原，一直徘徊不前。

隔離於城

這一切的轉變，你是知道的。

日復日，年復年，從二〇二〇滑到二〇二二。如果時間不以年月計，確實感覺到自己如攀山如涉水，甚至飄洋過海，到了從來不曾想像的境地。兩年間沒有離開城市，只是離開了一些人。

猶記得二〇一九年從台北飛回，二〇二〇年年初飛抵曼谷，盛夏裝束短袖花褲和惠欣逛大街小巷吃正宗泰國菜。在折返不久，疫情隱約露出跡象，口罩成為一道抵禦病毒的符。原本在高空俯瞰城市的飛行，變成站在陸地仰望小小一架卻跨不上去的飛機。青藍天空的一個小白點，顯示了人與天空的距離。

這兩年，漸漸地習慣了什麼。

如果說二〇二二能有一個新開始，終於屋裏僅剩下自己一人，靜得能夠聽見一種嘶嘶的風聲在流動。沒有尋常百姓的電視播音(不愛開電視)，為了維持地板整潔我開始每天使用便攜式吸塵器，彎下腰來，將脫落的髮絲連同灰塵一起捲入灰色半透明的滾軸裏，看着頭髮捲呀捲滾呀滾一團軟綿綿的東西黏在深灰色滾筒壁。獨居後每一種動作或凝視變得緩慢而細緻，我開始想起從前那些自己缺席、我媽一人在家的日子，她也如我這般每天烹煮一點點菜式——一個人所需食物真的不多。煮完，清理乾淨爐邊的油漬，並且用小塑料袋將當天的垃圾包好，丟掉。

建立獨居生活的秩序感覺毫不費力，只是這次佈景板從幾年前的台北搬回圍城，而城市正深深陷入一場漫長與瘟疫的搏鬥之中。圍封。強檢。清零。禁飛。竹篙灣。檢疫酒店。Zoom。WFH。忽然社會上出現一大堆你沒聽過的詞彙簡稱，一幕幕戲碼又興奮地在電視機盒子裏上演。如果說知識增長那我終於從一場全球疾病中見識到國際政治的角力，如何奮力地將人與地方隔絕。每人都有自己回不去的故鄉。

悼念死亡或迎接誕生，都不能成為通關的理由。這兩年，病毒說了算。

（二〇二二，朝動態清零的目標前進，官員如是說。）

時間漫長至以年計，時間尺一再拉長，在我還未完全忘卻台北街景前，我想泰順街早已忘掉了我。

天水圍城的牆仍然沒有築起，濕地公園旁新樓盤 Wetland Seasons Bay 入住時紅紅火火熱鬧非常，有買家接受採訪時說，自己將新屋打造成理想的度假屋形態，反正無法去外地旅行，週末一家大小來圍城享受眺望一片綠油油的濕地風景與對岸深圳五光十色的夜色光圈，便心滿意足。

嗯，聽起來很美好。他們的生活。

我已經忘記她離開圍城多少天了，攜帶兩個偌大的行李箱走到無人的B1巴士站，她說，一小時才一班車，全車只有她一位乘客。其實她和我真的不一樣，能夠忍受制度帶來的所有規範，走在塵土飛揚的大街、糾纏在 VPN 斷線與連線之間、身體不適去醫院就掛一瓶點滴、心甘情願接受十四加七的隔離……不止，如今居民委員會還會密切追蹤你的行蹤，嚴格的家居隔離措施意味着有人往你家門大剌剌地貼封條。那種紙封條，只在古裝劇裏見過。「我回去以後，你自己一個人，注意小心呀。」她說這句話的時候，以最不捨的母親心情與我告別。「沒問題啦，我一個人，很OK的。」如何能令她明白，無關乎瘟疫，其實很小的時候，我便嚮往隔絕於人，獨立生活。當然，那裏還有我不想見的人，不能回去，也好。我眼中那些如同用一條粗大麻繩捆綁身體的生活，在她眼中卻是奔向自由的綠洲。畢竟那裏有她所愛之人啊。

後來許多事情都是她告訴我的。第一天透過微信打來視像通話，我瞥見三星級酒店的簡陋背景，非常俗氣的馬賽克牆身，白床單與變色木地板，浴室立在床邊小小的空間，唯一一扇窗也裝上了防盜網。「從房間裏看出去，好像在坐牢呀……」她慨嘆。「十四天的牢獄風景，盛惠五千六百元人民幣。你就忍耐一下吧，不是買了 iPad 給你看劇嗎？」我說。每一步路於她生命的特殊意義，她心之所向，可能與血緣無關但卻牽連着生命中一條割不斷的風箏線。

夫妻無血緣，在地結為連理枝後，能組合成一個無形卻稱之為「家」的建築物。兩年疫情，改變了多少棟建築物的內部結構，螺絲釘滑牙、鬆脫，支點移位，甚至出現意外崩塌、一片頹垣敗瓦的荒涼景象。兩年不見，她也不是不憂心的。

許多次我夢見她握着一根風箏線，用力地在草原奔跑，我說你別跑那麼快呀，風的速度風箏與線的距離要拿捏得剛剛好。她聽不見我說話只露出一副委屈的表情，眼眶濕潤看起來像個可憐的孩子。我心底知道話是話老生常談的道理她都懂，所謂身不由己並不是身體無法動彈只是心在作動。某次坦誠對話問她說她想看看兩人如何走下去。我想不到更好的話接下去。總是希望，事情的發展能如她所願。

血緣是什麼？近來惡童說，他不相信血緣，我說我也是。他能感覺到我們很親近。當我發現身體遺傳了父親某種基因，自由與個人空間之不可剝奪，像魚對水的渴望時，一陣淡淡的恐懼油然而生。所以無論過了多少年我們三個人還是獨立於三地，形成一個距離不變卻無法匯聚一起的小漩渦。如此流動、移居、穿梭唯一沒變的是父親仍然留在他心心念念的城市。那裏有他盤根錯節由貧致富的生長脈絡、政商朋友甚至長女（與孫），像一棵樹盤踞在地多年生長，從青到壯至年華將晚。我能夠想像無論世界如何翻轉突變我們的生命還是依然地，永久分離。

於是你活得比誰都要清醒，乾淨，以及俐落。

尋常日子裏她從來不會撥電話過去除非事態緊急，「沒特別緊要的事情我不會打電話給你。」這句話爬到我身上時，心裏泛起一陣酸楚。

回想起二〇二〇年初，疫情剛爆發時我和她坐在圍城家裏聊起退休的事，我勸她提早退休免得再忍受長期腰椎痛楚。她說讓她想想。一件事情如果能夠「讓誰想想」代表還有時間還來得及還能猶豫之後作出決定。疾病沒有讓她想想卻早已在體內悄然降臨，不到一年，某天上班途中我收到她從醫院來電，「剛才腎臟隱隱作痛，照了X光，醫生寫了轉介信讓我立即入院。」那是二〇二一年夏天，我回家幫她收拾少許生活用品再搭一程巴士來到山丘上陌生的醫院，那段路程讓我覺得整座城市在塌陷在衰落在度過一場不可躲避的劫。病毒張牙舞爪爬滿了生活縫隙，於是醫院的隔離措施顯得相當森嚴。我無法靠近病房，只能在動手術前坐在狹窄昏暗的走廊與她輕聊幾句。爾後，她轉身回到那隔絕空間，等候隔天的手術。

最近連續兩位朋友的父親患病入院動手術，作為病人家屬我們深有共鳴。無論貧窮或富裕，病房那道門始終嚴密地以隔絕病毒之名一併隔絕你。她做完手術後，我收到第一通電話是男護士打來，「你媽媽已經完成手術，一切順利，只是未甦醒過來。」然後過了一個多小時，手機再度響起。話筒傳來了她游絲般虛弱的呻吟，如今想起還是心有餘悸。電話裏一陣胡言亂語我只聽得見她說：好痛⋯⋯真的好痛⋯⋯。我說我知道，但止不住的心虛在胸間發抖。無法探視，「逍遙在外」。電話掛斷後說不出的苦澀從舌尖流出。我首次嘗到無能為力的隔絕。

無法想像強效止痛藥在她身上的效力強度，她如何隔離於人群在冰冷的病房內度過留院的幾個夜晚。缺席了整整兩年，他打電話去問候時，也曾如我這般心虛嗎？

戴着口罩我跑到山丘上的醫院接她正式出院。我永遠記得站在醫院急診室門口的場景，從手機程式召喚 Uber，等車子駛來的那幾分鐘對她而言十分漫長。已經虛弱得站立不穩了，手扶牆壁，蒼白的額頭直冒汗。當時只有我與細姨伴着她，一左一右作為支柱，細姨是她相識多年的同鄉好友。細姨用手帕替她擦乾額頭的冷汗，才發現套在帽子裏的髮絲全濕透。那天站在醫院門口我感覺到午後吹來的風好冷，九月初秋，她身體熬過一刀。

一切如過目風景，一年後她終於正式退休，踏上「歸途」。

離開之後她有點像興奮的孩子不斷與我分享旅程見聞，關口防疫人員如臨大敵的架勢、酒店先辦理入住後辦理退宿的荒謬政策……很快地她學會網購食材讓居家隔離生活過得舒坦一些。唯一她沒有與我分享兩年不見的重逢情景，我也沒問。後來從她社交平台貼文裏，瞥見他用新款豪華 Benz 七人房車載她出去玩，忽然我想到了「死灰復燃」四個字。那種歡樂氛圍從影像滲透而出，舒適、乾淨的車廂像在觀照他人生活。無論如何我想，那一刻她是快樂的。

記憶之錯亂使我想起那夜從港島乘 Uber 回新界途中，口音不正的司機播放一首首大陸流行歌曲，游移音符飄入耳中，車窗外變幻風景一如那些年坐在他那台豐田車廂後座，看着山景樹影變換時年少的我。鏡頭切換錯置，那時候沒有疫情「阻隔」，對家的概念尚且完整。一晃已過去那麼多年。

還是冷不防地襲來，他們說揮之不去的影像。

如果我說慶幸有毒，又顯得過分殘忍。只是毒將人隔絕，又順利將我們隔開，不必找多餘藉口，為了不相見。

（你終於明白不是你選擇生活，而是生活選擇了你。）

各有各的歸宿其實你知道不必想得太遠，她現在生活得很好你便放心。況且你學會了蒸魚，第一次將肥碩黏滑帶斑點的魚帶回家，刮淨你討厭的細小鱗片，薑葱切成細細條狀後，把魚放進鍋裏蒸八分鐘後爆炒薑葱，淋上熱油與蒸魚豉油。捧魚碟上桌時忽然間她的身影從你身上流露傾瀉，像一位故人。

這一切變化，你是知道的。

本以為在眾人離散後我只是踏着自己的影子上路，沒想到究其實身影之覆疊仍是有。

但永遠不要走一樣的路。

早兩個月去了一趟長洲，日落灑在海面為漁船鍍上一層薄薄的金光，看了最美的日落。那天時間很靜，幸福時我總聽見最寂靜的聲音。一如無物。一切皆空。

回程在夜間，在碼頭前的巴士站候車，高聳入雲的 IFC 矗立於眼前，玻璃幕牆極其閃亮，冰冰冷冷的光束映照在海面。燈光依然璀璨，那揮之不散的病毒，以及船尾翻滾不息的波紋，一路延展至未知明日。

「整個香港之於我，好像只剩下你。這樣也好。」我說。

他沒有說話，用力握緊了掌中掌。

節日（快樂）

一

節日像陰魂不散的鬼，跨越整個冬季。

巴士從太子道西駛過天橋時，熱烈花海瑟縮於墟市一角，像在哀悼城市的死寂一片。你眼皮底下，那像異域空間、帶點鬼魅色調的一角，確實無法聯想到浪漫。不是聯想力不夠，而是現實太赤裸。這兩年間病毒像一頂又黑又髒的大禮帽，突兀地扣在人人頭頂，閒情逸致成為毛巾上多餘的水分，恨不得馬上擰乾，又帶些心有不甘。這才逐漸意識到，原來與之共生，是教你習慣，喜歡不喜歡，你都得與其共存（或共亡）。

我們終究只有一種方式，活着沒有太多選擇。

毫無預防或事先約定，變種病毒 Omicron 以浩大聲勢襲來。它的傳播能力比 Delta 更強。於是確診數字以幾何級數速度攀升，五百宗、一千宗、三千宗、五千四百宗、超過一萬宗……病毒如細胞繁殖速度奇快已經鑽入每戶人家的「喉管」，在不知名的地方正熱烈生長。肉眼看不見，無色無味無察覺性，只能透過檢測或自我懷疑，如偵探般細細探尋脈絡，才可能發現源頭的存在。

現在已經不是追蹤源頭的時候了，你看見一幀幀新聞照片想到天寒地凍而那些等候入院的老人正躺在露天病床，眉頭緊鎖，面容扭曲。新聞採訪受困屋內的女士，她說，自己染疫六天，吃 Panadol 仍未退燒，肌肉疲乏無力，不知道還要熬多久，連同住的母親、丈夫已經接連感染。另一位年輕母親，一歲小孩確診後遲遲未獲得安排送院，於是她抱着小孩跑到急診室乾等了十三個小時，最後孩子躺在醫院走廊的臨時床位上。還有那間深水埗的老人院，幾位院友連續感染職員與他們仍困在院內不得進出。這些都是幾天前的資訊了，但乾等，焦慮，疲乏，無力，這些情緒一直延宕至民間的每個小角落，我感覺整個社會都在發燒，而且從未降溫。

時間的意識不同了。「如常」是這場疫症裏聽起來最突兀的詞語，「無常」變成你熟悉的。

忽然記起疫情之初。黃的白的裹屍袋橫躺醫院走廊、凳子上，「焚化爐二十四小時開着屍體燒也燒不完呀……」記者秘密採訪殯儀館人員，那段錄音聽起來，很像看見一口口釘子從高空飛落將自己釘進木板。除了錄音，也流出文字，一位三十多歲住在武漢的兒子親眼目睹，染疫老父親氣未絕，張口想説話，醫護人員迅速將裹屍袋拉鍊拉上，從此封閉了他嘴巴。如果死不瞑目，冤魂會在武漢天空徘徊不散嗎？我知道我過慮了。特區不同，國家會以它的方式，讓香港得到救援。

城市在我眼裏變成了一座廢墟，骯髒的舞台。清潔工反覆用一比九十九漂白水奮力沖刷，洗走任何有可能被病毒黏附的地方，醫護口罩戴緊，消毒酒精讓十指早已搓得龜裂泛白，病人陸續像雪球滾來，源源不斷。一切預料到會發生的，兩年前便如此。劇本沒有改寫，只是稍稍遲到。

「人們像蒼蠅般死亡——」來自意大利的報道，僅僅一句已令你眼前發黑。

你知道有些東西不會再好起來了，像小窗台那棵你某天一時熱烈而買回來的風信子，紫色花蕊嫵媚多姿，也曾盛開。陣陣香氣溢滿一月冬季後，花瓣開始皺眉、蜷起身軀，垂下了頭。隨後，你再也聞不見風信子的任何氣味。好像什麼都不曾發生，它是你種過最安靜的一棵植物。

二

外婆曾說，生死有命。我媽則說，一個人吃多少用多少，都是整（注）定的。所以收到M來訊時我沒有太大驚訝，只是惘然。他說，跌一跤，發現腿無力。骨醫讓他去照MRI，原來腫瘤一大顆如球狀黏附在他脖子裏，其中一顆，甚至壓着神經，緊黏骨髓地帶，才導致雙腿快速惡化。正常人步行三十秒的距離，他必須花七、八分鐘一拐一拐地走，四百米距離的診所，他無法。聽見消息時我坐在電腦前，敲打着那些無用的語言，疾病比一切來得劇烈和迫切，逼着你直面生命。無非是承受，還有灑錢。埋在身體的地雷，你根本不知道何年何月會炸裂。

「以前念書時讀《論語》，三十而立，四十不惑，五十知天命。一切看來，提前了許多。」M從手術室推出來之後第三天，我去了一趟法國醫院。九龍城給我的感覺還是那樣詭異，一面是陳舊老屋，過幾個街口便是一整排貴族屋苑。我無法想像人們的生活，正如我無法想像M的未來。他一臉澹然挨坐在床上，一切提前開始，他必須習慣。M還說，患腫瘤之前，事業順利他想過自立門戶從此不再依附體制。只是從手術室推出來後，他已經不一樣了。

我彷彿看見千尺瀑布從山上湧來水流砸向他頭頂，他全身濕答答地站在那裏，激流沖走了他的什麼。後來才發現，他失去了好多，包括左手自由活動的能力。我說你還是可以想啊，會好起來的只是需要時間。

說這話時，我還沒瞧見他護頸套背後藏着六公分深的傷口，以六小時大手術所換回來的。M說，腫瘤沒切除乾淨，部分壓着神經線，安全起見先保留。至於另外兩顆球狀腫瘤不影響身體活動，暫且放着。與之共生，這回不是病毒而是腫瘤。M的左手已無法如常人般直直舉起，高度只能及至耳背。不幸之中大幸，手指能正常活動，保得住律師工作。週六的午後，陽光灑進了病房地板，我彷彿看見窗外的塵埃紛紛飄落在病床前。或者是雪花？一時分辨不清。

我們可以放棄節日放棄慶祝放棄遠大理想——

那我們能把握什麼？

「與之共生，與之毀滅……」晚間睡前，心裏開始喃喃自語，像唸出一道符咒般在漆黑一團的床前自我催眠。沒有人聽見我說話，也沒有誰在和我對話。二月十四日當天，從一場噩夢中驚醒，我夢見了S在溫柔的聲線底下與其他女子通話。

三

M仍躺在醫院。沒有人在身邊。

有那麼一刻我想說，節日沒有快樂。

而且你知道，根本沒有什麼值得慶祝——除非這場瘟疫結束。

烏克蘭沒有戰爭

一

烏克蘭沒有戰爭。
我只是想知道盧布的匯率是多少。

二

一顆顆頭顱只是累了，所以他們躺下來，躺在城市、荒郊、漫山遍野……也許不是頭顱，有些手腳，殘肢，遺留在離開的路上，畢竟身體負荷太重。
他們慢慢地卸下自己的肢體，從手，到腳，最後到頭，或者累到直接在路上睡着了，從此忘記痛感，也不再行走。雪一層一層覆蓋在那些頭顱、殘肢，凍傷了許多人的心臟。他們說，這是逃避不了的命。

但你要知道，這種離開，不是逃亡。

說他們在逃亡，不如說他們在流浪。機關槍掃射人群的影像，只是俄軍士兵眼睛裏的重像。他們看見遠方有障礙，於是砰砰砰開槍。一輛坦克輾過了黑色轎車（這回不是廣場上的人群），也是因為眼睛有業障。來不及離開腳步不夠快的還有那些躺在婦女醫院的婦人，原本就身體柔軟，疾病和她們永不分離，躺在醫院裏靜靜地睡着了。

不要問哪裏是遠方。

國際新聞網突然中止文字直播，留在當地的記者太危險，於是全體撤離。也不意外。既然戰爭都開始了，沒有什麼屬於意外。後續報道還是有，只不過不再是一手資料。在這種情形下，人人都能加上一張嘴來評議。台灣女作家在網絡上討論俄羅斯運動員應不應該被禁賽，引來一片謾罵。她想談公平，運動與政治的關係，主動與被動的侵略與入侵，她說看到「全民皆兵」四個字就毛骨悚然。

人人都在生活，過不同的生活。

三

一段段影片開始浮現。一位不到十歲的小男孩在流浪，穿一身棉襖右手提着塑料袋，從烏克蘭走到波蘭。身高一百公分不到，小男孩邊走邊哭，灰帽遮去他可愛的小眼睛。而他的行李（或家當），就是一隻黑色娃娃。娃娃的頭斜斜地躺在透明塑膠袋裏，小男孩的頭，愈哭愈歪。眼淚糊掉了他的未來。

他知道自己要走去哪裏嗎，未來是不是真的有。

醫院、核電廠、民居一波波透過炮彈和空襲，炸毀了不少。更早在二月二十五日，聯合國安理會就烏克蘭局勢決議草案進行投票，常任理事國俄羅斯反對，因此草案遭到否決。聯合國淪為一個笑話，在普京眼裏應當如是。

正如英國中資公司的兩名英籍董事長辭職，是籍貫的問題，不是立場。誰願意譴責誰不願意譴責，可能背後在盤算着利益。我們不談政治，先談愛不愛國好嗎？

晚間新聞報道，北京一家烏克蘭餐廳近來人頭湧湧，客人紛紛來餐廳打卡。記者採訪時對着鏡頭他們沒説明白，只是來支持一下。基輔餐廳，以首都命名，不知道算不算境外勢力。人們來到，打卡，一臉歡愉，真的是消費。牆角坐着一男子，記者問他，心情如何。男子説，自己是餐廳的常客，他覺得，這段時間步入餐廳，只聽見很安靜的聲音。

麥當勞宜家家居可口可樂這些跨國企業不存在愛不愛國的問題，他們全球擴張也許比聯合國更有影響力。只是到了如此境地，不得不，在火山熔漿噴發前，先全身而退，等人們忘記歷史後他日再捲土重來。

反正歷史會不斷重演。人們很容易忘記今天。

死亡純粹是假象。

四

住在牆內的親戚傳訊息來問：

你知道怎麼換盧布嗎？匯率是多少？
我想留着以後到俄羅斯去旅行——
我便知道，在她眼裏，烏克蘭沒有戰爭。

明天之後

一

七時零八分，我步下巴士。今天圍城不帶一絲微風，熱氣從曬乾的地底冒出，走進天一商城，才稍微感覺到空氣流動。

扶手電梯直上二樓，電梯不長，一節一節向上爬升。四周來往穿梭佈滿下班人潮，一波波趕到快餐店買外賣。熱氣蒸騰的食物像一顆小悶球將自己裹在塑料盒子中，而圍城只是另一顆大悶球，人們急着將小悶球提回家，回到大悶球底下築成的家。

一切如常，聚集已久但未破皮的水泡在隱隱鼓脹。

轟隆，行駛中的自動扶手電梯突然停擺，把人愣在那裏。一開始以為零件失誤，我的指尖仍停留在屏幕前，腳步自動跨過一口一口的坑紋梳齒板梯級，企圖漠視這場停頓。組好的語句按下發送後，手機訊號一格一格降低，最終消失至無。

七時十分，訊息晾在那裏：「何況你見的是舊人，更感時光遞變吧。」

無法通達至對話的另一端。我們身處城市的不同角落，此時此刻，我頭頂燈光一盞一盞熄滅，商場步入真正的黑夜，行人腳步開始凌亂。

我快步離開商場，眼前竟蔓延了一片熄滅。紅綠燈、街燈與石屎森林中的萬家燈火，消融在夜的背景。圍城熱度繼續膨脹，陷入大片昏暗。光之所在，並肆無忌憚地在馬路上維持它們應有的模樣，巴士與輕鐵成為了唯一發出光亮的物體。車廂繼續行駛，人潮在暗夜中繼續徘徊，前進或後退，腳步一片凌亂。

隨後埋怨聲四起。人們裹在大悶球底下，繼續發慌。

沒有任何徵兆、提示或警報，完整的塌陷從此成形。有人舉起手機，拍照，或亮燈搖晃。也有人起哄，或者繼續咒罵。那一億五千萬元設立的緊急警示系統？此刻正安然沉睡。圍城人忽然變成一隻隻棄嬰，被隔絕在世界之外，供電橋梁忽然倒塌。大停電一定不比伊利沙伯醫院轉為定點醫院治療新冠病人來得重要，所以全港市民不知，也不需要知道，所為何事。

（這回真的是，叫天不應，叫地不靈。）

一下子刷新了失城的定義。不是我們具體地失去什麼，而是一瞬間，不再擁有什麼。

燥熱含在舌尖底，連便利店也不再營業。我想起自己剛下班，熬了一小時車程回來，已身在近在咫尺的家樓下。那些疏疏落落流連在街頭、公園和車站附近的人影，像無頭蒼蠅似的，並且與我一同握着手中像死魚一樣的儀器，愣住，站着張望。無人知曉下一秒，或下下一秒會發生何事。眼前的男子說：「怎麼，要打仗了嗎？」「完全零訊號。是什麼情況？」途人回應。「對呀，電話打不通。」我說。看更忙着用熒光綠的布板攔起樓梯，大聲插嘴：「大家不要搭電梯了！很容易出事的。」「不只是電梯與樓梯的問題。」「對，是完全失去訊號。」「回家也沒用。」看更再度大聲插嘴：「可能快慶祝回歸，暴徒要搞事！」「也不至於有能力斷掉通訊？」「對呀。」男子無奈附和。

忽然聽見有一男子大聲斥責看更：「他媽的，開消防電梯呀，我要怎麼回家？」他背着一個黑色大背包，體形瘦削但聲線強悍，響徹大堂。

七時十八分，圍城的熱度彷彿從地底冒起。消防車穿破悶熱的馬路駛向目的地。困粒的。Panic的。頭暈的。種種種種。忽然一沒戴口罩的中年婦女氣喘吁吁從梯間冒出，大聲質問：「到底發生了什麼事？飯煮着，電就沒了。菜還是生的。讓人怎麼辦?!」「對呀，我幾十年來在香港也沒遇過這種景象！」尖銳憤怒聲此起彼落。「不是只有我們這條屋邨停電吧？」「不是的，你看隔壁嘉湖山莊、天悅邨也黑成一團。」「對對，剛剛我從西鐵站回來，西鐵站的店舖全部停電了。」

沒遇過的不一定不會發生。正如一九九七、二〇一九前，你不曾想過，二〇二二年的香港，充滿了詭異風景。

二

人人一張嘴，繼續議論紛紛，毛毛躁躁的語言黏附四周。我受不了於是離開大堂，走到公園附近一張咖啡色長椅，坐了下來。

七時二十分，天愈來愈黑了。手中曾經為生活帶來多少牽絆與哀愁的發光物體，此刻竟與世界斷裂得一乾二淨。電力一格一格消耗，體力也是。如果近日不是發現脊椎退化，可能我還會像小時候那樣，一口氣爬上去吧。

以前從輕鐵站下車，慢慢地步回自己的家。還沒到時，會從頂層往下數，數向那三十幾樓，熟認的那一扇窗。本以為自有永有，倏忽一下，記認的形狀沒了，糊成一片。黏熱的空氣開始爬進毛孔裏，依然沒有風。

有人焦慮地尋找聯絡不上的家人兒女，有輪椅人士呆坐在樓下傍徨無措，有人好奇站在窗邊搖晃手中發光體。人人都有自己對生活的定義，各有憂愁。

七時四十分，我做了一個決定，動身走到巴士站。訊號像微弱脈搏不時跳動，我撥電話給S。他聽不清楚我講話，斷斷續續的，話筒似乎難以吞下一句完整的話。在兩分鐘內，我告訴他這邊停電了，問他那邊是否正常。他說他在尖沙咀，沒有停電，一切如常。十多分鐘後，九六九號巴士駛來，明知要繞過天恩、濕地公園、銀座、天水圍公園⋯⋯歷經一大圈才駛離圍城，但移動車廂使我心安。一開始車廂很靜，人不多，沉默地望出窗外，了解城市突如其來的這場變異。明亮燈光在頭頂掛着，冷風終於趕走一番燥熱。巴士駛過的路，留下一大片茫然未知，沒想到這回當了逃兵。

想起小時候住在外婆家時，偶爾遇上停電。這時，姨媽會點起一根白色蠟燭，我們和外婆圍在蠟燭前吃飯、聊天，姨媽會拿起一把葵扇，向着我的身體扇風。「阿妹不用怕，我們都在這裏陪你。」姨媽説。

巴士繼續在摸黑中前行，直至駛離圍城遠一些的公路，我才從陸續恢復的訊號中查證新聞消息：主要供電橋的電纜爆炸，熊熊大火燃燒，橋身彎曲幾近斷裂。電停燈滅，導致三區居民深受影響，合共十六萬戶家庭。如果一戶有三人，影響範圍就接近四十八萬人了。兩年多疫情反覆，也不至於令人陷入這種情景，流離失所的，未知明日的，災難原來也富有一種象徵性。

於是睡公園的被竊去了手機。爬上三十多樓的發現家裏已停水。坐輪椅的到了臨時庇護中心。準備動手術的被轉院再開刀。店鋪的冷凍食品只能直接丟棄。壽司飯糰蛋糕冰塊泡芙三文魚通通不能要。隔天早上去上學的才知道學校停課。但這些情況還不夠極端，所以警報系統不適用於你們這群棄嬰。

三

晚上九點三十分，我終於來到有光的所在，並狼吞虎咽啃着一塊麵包。原來「安好」不易。在剛過去三四個小時裏，我不斷地搭車繞圈，下車、換車，以及徘徊在路上，看着一幕幕陌生場景掠過眼前。

至少有地方可接住你。其他無家可歸或有家歸不得的，仍在暗夜裏徘徊、流浪。

他伴我坐着。窗外遠遠一小角維港夜色，那麼靜地飄在海上。

四

船沉了。

燈也滅了。

我們説起，這場盛大的隱喻也太富象徵性。沒有什麼不能想像。

原來世界不需要炮火。
戰爭不只有一種形狀。末日也是。
（我們不說未來了吧。）
（那明天呢，明天之後，你還會鬆開我的手嗎？）

港島之東

1

港島之東，起初是一個十分模糊的概念。

新界西是多年生活的版圖，偶爾遠及旺角尖沙咀，但甚少到港島。新界樹多，離郊野環境較近。巴士隨便跨上一條公路，兩旁茫茫然都是叢林山丘。

中學年代出門跨區比賽，友校同學問：「新界係咪周街都有牛㗎？」

身邊男同學W秒回：「係呀，我哋騎牛返學㗎。仲有，我哋嘅馬路，紅燈先過，綠燈要停下來的。」

大家咯咯地偷笑。

後來似曾相識的場景搬至台北。

北部同學問港澳來的你們：「家中有電視機嗎？平常也會看電視？」

電視？你在説電視?!（這是什麼鬼問題！）訝異程度不低於新界是否有牛。地域距離拉出認知落差無論走到哪裏都有。即便身處同一座城市，新界西至港島東，對部分人而言也可能是天涯與海角。

某年工作地點遷移至港島東區，對我來説簡直是攀山越嶺的征戰路程。先從圍城跳上九六七號巴士，大會堂下車後，轉乘七八八號巴士到永泰道，下車還需步行十分鐘。一如所有的通勤者每日依靠巴士換乘巴士往來南轅北轍的兩處地方，車費瞬間飆升至六十元一日。朋友覺得瘋了。事後回想也覺得不可思議：每天通勤來回至少三小時（雨天塞車可能要四小時），好像飛去台北也綽綽有餘？

那些年我對港島之東依然陌生。日復一日的重複上下班路線令人很容易拔掉對四周神經敏感的線，很多時候睜眼走路其實心底已閉起雙眼。一天午後陽光灑在柏油路面，突發奇想地渴望掙脱常規路線，不如一口氣溜出去。於是，先從杏花邨站鑽進地車車廂，筲箕灣站下車，爬出地鐵口依照路牌指示摸索到筲箕灣電車總站。總站於一九二九年落成啟用，我在九十一年後才真正遇見它。候車亭一身古雅裝束，純灰色欄杆，天花板則維持最簡潔的雪白。車站中間迴旋處立着一間電車綠的小屋，大概是車長休息室。

我決定等一輛心儀的電車，並且不計較時間。十分鐘後，迎面一輛柚木電車緩緩駛進車站並開啟車門，甚至沒看路牌就跳上去。我把身子靠在上層單人椅，車廂在街道行駛，民生景色緩緩在兩旁窗戶肆意傾瀉流淌，那是首次，真真切切將一小塊一小塊的東區風景收納進眼中：庶民、煩囂、龐雜，筲箕灣道連接康山道、英皇道，一路向前行駛彷彿了無盡頭。

我非常記得那一段脫軌的奇異旅程。夕陽霞光從雲層穿透染紅了老樹的臉，更悄悄剪下行人挪動之影，於路邊，於鬧市。電線車路軌在筲箕灣道連接英皇道途中蜿蜒起伏，爬過山坡，路過人稱「怪獸大廈」的地方。很久以前聽過其名，卻從沒見過真身。五幢「怪獸」長相不怪，只是比較密集，外表看來幾乎無縫之樓宇，一整排立在繁忙的英皇道上，只是尋常人家的居所。後來翻查資料才知，原本以A、B、C、D、E座連貫性命名的樓宇，親生父母賦予的家族名稱叫「百嘉新邨」，不過中途因發展商失蹤而成了棄兒。承建商一換再換，直至一九七一年分拆出售，變成了「海山樓」、「海景樓」、「益昌大廈」、「益發大廈」和「福昌樓」。棄兒巨嬰，後來成為小說〈在街上跳最後一場離別舞〉的甜蜜與傷心之地。電線車悠悠盪過，與這壯觀的連棟樓宇直面相對，我們觀看、互相凝望，隨後又分開了。這是令人遇見一眼便覺得是地區標誌的地方，正門階梯口兩旁各立着一間士多舖與涼茶舖，彷彿共生共死般遙遙相對。電車來到此站，裝載不少買菜而回的乘客，又緩緩隨着坡度起伏而向下，繼續行駛。

2

電車路過鰂魚涌，繼續向着北角行駛。（那時不知，兩年後北角將成為我非常熟悉的場所。）晃晃蕩蕩駛向炮台山，這便是此行的目的地了。此前讀過〈油街十二夜〉（《離》），深深被作品中的敍述所吸引。潘國靈曾在百年油街古蹟駐場，以敏銳之眼刺穿油街沉積的百年歷史與生命光年，不光憑藉想像，他細閱政府文件檔案、新聞、傳說以至於在小說以在地素材添加想像伴隨十二夜的故事還原此地面貌。其中一幕場景，小說重擬「樹下講古」的動作，每夜七時一位小說中的說書人坐在園中栗樹底下，細細說着油街的傳說與鬼魅故事。十二夜過去，十二個故事交替上映，終連成一線。其中一段話直直刺穿城市命脈，延宕至今。（「蔚為佳話以往人們說的是油街鬼故如今說的是油街地王。這城市毋需道士，地產商就是城中的首席鍾馗，天秤是他在空中擎起的劍，重型機械建築聲是他持續唸的咒，日以繼夜施行法術，將最整全的魂魄都打得粉碎，連同無數瓦礫，一起沉落地底永不超生。」——《離》）

我踏在油街堅實的水泥地面，文本在現實的風景窗一字一句浮上透光：眼前七棟一如屏風式高聳入雲的華麗建築矗立在油街古蹟旁，玻璃窗光亮耀眼，折射出天空每一朵白雲的形狀。這一大片區域，曾經收納了油庫、中央貨倉、遊艇會會所，也是永別亭、職員宿舍、古物古蹟辦倉庫的所在地。

那麼繁盛與衰亡並存，我們的城市。

心底被那陣呢喃低吟的小說回音吸引過來，文學散步如果真的存在臨場感，那這場心理衝擊絕對來自於環境實景與文本互疊之後的形狀。古蹟仍是古蹟，百年磚瓦避開了發展商的爪，與之為鄰的已是需要刷卡才能走進的華麗高尚住宅區。每棟樓宇備有南亞裔保安駐守，住客刷卡後，藍燈亮起透明閘門徐徐開敞，住客隨即步入華麗安居。這是一道多麼光鮮亮麗的入門儀式，每日每夜在油街側旁上演。

與住宅隔一條走道，便是油街十二號。門口正中央底下由枕木鋪成，如瀑布般傾瀉的數字：一九〇八，一九三〇，一九五〇，一九九八，二〇一三……年份在眼前抖動如半空旋飛的落葉，暮色四合，小說文本承載的百年歷史與傳說從腳底深灰色泥土層層捲起：遊艇會、物料供應處、職員宿舍、藝術村、鍾馗、永別亭以至於七姊妹回巢或實或虛的想像，瞬間編織成一張巨大的網，漿在腦海裏紋風不動。我來到這裏，拾起無人在意的碎磚碎瓦，在栗樹下拼湊一棟古蹟及附近獨有的歷史方塊。人們常說眼見為實，目及之處，四周仍不停施工，栗樹隨風而搖下了一片落葉，我拾起，夾在了小說書頁。

那十二夜，彷彿一直延宕至今。

3

一年後腳步回到同一地點。這次不是獨自一人，反而是與一群學生。我們扮演半天的城市行者，以腳掌量度城市溫度與文學熱度。首選東區，其中一站是油街。這時，我的工作地點仍在東區，依然會每天經過這附近一帶。

那天是一月初冬，我坐在樹下說起〈油街十二夜〉的故事，捧着一冊《離》鑽進小說場景之中，重複「栗樹下講古」的動作，看來又仿似一場行為表演藝術。（這年代，說書人的聲音還有耐性聽嗎？）只是我發現，如此複雜豐富又深沉的文本，說着說着字句彷彿脫離了嘴巴，徐徐跌落在堅硬水泥地面，再滾到草地之中。

沒有什麼是永恆不變的。因此再來時，物事悄然生起變奏，實屬意料之內。園區添加愈來愈多索帶圍欄，職員細心地看守左右。裝置藝術於園內四周漫溢叢生，一條銀色煙囪架起橫臥在栗樹下如蛇般蜿蜒包圍着它，職員熱情地說：「這是最新設計供遊人歇息的凳子，你們可以隨便坐坐。吶，這是放置飲料的小鐵架喔！」我以禮貌微笑回應。後來想，此類設計新穎超出時代感的東西，是否適合油街的個性？「活化」這詞彙，不止一次從古蹟跳出，只是它好像變了另外一種形狀。

儘管，那紅磚瓦頂與圓白拱窗仍在，園內一片綠意盎然，生機勃發。油街網頁寫着——「城市中的綠洲藝術，打造可持續的未來」，因此周遭無可避免地持續發展，油街實現側旁工程正在施工，將來會是油街擴充後的新地標。而前方，正蓋起充滿玻璃幕牆的單棟式美麗商業大廈。

（來吧，我們一起建造美麗新世界。）

4

後來自己也跳入北角的佈景板。

數月後，編輯工作從柴灣轉移至北角，像一口釘子般將生活釘進了出版重鎮的北角工業大廈。每天下班從大廈步出時黃昏將至，新光戲院霓虹招牌大剌剌掛在英皇道上，旁邊五顏六色的電車車廂悠然駛過。華豐國貨原來櫥窗佈滿了陶瓷像。商務印書館屹立在北角多年，聽説人潮已大減。春秧街的街頭，橫跨康威商場的天橋經歷一場熊熊大火後圍封閒人免進，流浪者不知去向。天橋拆除後，鴿子也在城市經歷流離失所的結局。至於郭春秧當年蓋起的連棟唐樓，樓下不時有電車緩緩穿越排檔，春秧街兩旁店鋪的販賣吆喝聲此起彼落，這裏劈價那裏降價，都是民生日常。路過時你會發現，身穿灰白制服的小販管理隊人員非常勤勞在執行任務，繙起雙手緊盯商販，企圖阻止店鋪販賣延伸至街道（城市的另一種潔淨化管理）。而慣在夜裏流動的夜鶯呢？開始緩緩從樓梯間冒出，時間愈來愈早，也許市道不好。時至今日，生意依舊冷清，左右顧盼，尋找着一點卑微的光亮。

二〇二三年，油街實現擴建完成，原本油街藝術村的地方，化整為零，一塊正方形空地鋪上乳白色石頭，遠望恍如置身於白茫茫的雪景。我對這種刻意營造出來的氛圍，非常不適應，於是每次，我都會直接繞過去，不看不問不關心。不過還是迎來許多人打卡。

附近的轟隆轟隆聲音持續徘徊如陰魂不散，起重機起起落落，抖落老樹葉片與塵埃。百年之後海岸線遷移，如今臨海的不再是皇家遊艇會，由昂貴酒店及高尚住宅區坐擁海景。它取代了五十年代那座永別亭，正悠悠揚揚地眺望維港。置身其中，才深刻感受到小說裏所描述的真實與虛構。締造神話傳說的地產商，繼續震碎着地方歷史、靈魂與憂傷——但沒什麼，這裏的人們，本來就擅長遺忘。

輯二

身體拓印

智齒

一

這一回，我走進一間私人的口腔及頜面外科專科診所，也是一個人。輪候等待時，抬頭細細瀏覽着牆上羅列的各種「門牌」，方方正正鑲框貼牆而立遠看有如一排整齊的墓碑，一股冷從牆身穿透而出，呼吸在空氣中微微抖動。

那些看起來非常有價值的「門牌」，依照內容年份變化我能分辨出醫生來歷，他的專業資格由本港延伸至海外，視線一格一格爬過去，從天花板延伸至飲水機，整間寧靜的診所被我掃視一遍。裝潢簡單，甚至慘白，窩在一棟商業大廈裏。樓下是紛紛揚揚的彌敦道，人潮車輛不斷往來匆匆。滿天塵埃飛揚，來時踏着九月末的陽光，當時秋風漸起。

為了一顆踮着神經線起飛橫生的牙，歐陽醫生才讓我從元朗來到這裏。最後一次在普通牙科看牙，離開前，歐陽醫生遞給我一張白色A4紙的轉介信：「Please kindly see the above named patient who is suffering from 38 pericoronitis.」拖了四個月我終於來就醫。事後得知，牙醫專科分為八大類，口腔及頜面外科專科只屬其一。當初被轉介過來，是因為口腔及頜面外科專科專門處理高風險的智齒拔除。

簡單而言，專科醫生在做的，就是每天開刀動手術，拔這一類頑固橫生的牙。

事先來電預約看診，男護士一字不漏地在話筒中清晰説明交易費用。他的咬字非常清晰、快速，幾乎沒有呼吸停頓位置，像演繹着背了一百遍的台詞，嘴裏吐出一連串的黑珍珠，目的在於讓你清楚明白專科收費之不同。

「葉小姐，根據我們診所的收費，檢查費一千二百元，X-ray 費用八百元，拔智齒費用一萬二百元起跳，拆線費是五百元。所有收費，我們只收取現金，你OK嗎？」

「……如果花費一萬多，不能刷信用卡？」

「不好意思，全部費用我們只收現金。醫生會評估你牙齒的收費，你可以在拔牙後到樓下的 ATM 取錢。」

「嗯，好的。」

見面發現原來男護士年輕如我，也散發着一股平凡真摯。不見得有熱情但至少，我能感覺到他待客的誠懇，與他上司不同。

二

來到拔牙後的第六天，左下巴泛起黃黃綠綠的瘀青，下巴一坨青，脖子又一坨青。我想如果這一坨一坨青色印記蔓延至胸前、手臂，那麼身體就比痣又多了一重標記。如一條蛇，從身體爬過留痕的足跡。但鏡子裏折射出來面容，左臉腫起一大塊，異常突兀。腫起一大塊的傷口圓滾滾的摸起來非常滾燙，像剛剛從鍋子裏撈起的魚丸。由內到外散發一種不尋常的熱，脈搏跳動時，神經線隨着節拍鼓動。直到今天，我才敢透過舌尖輕輕掃過口腔內部，感受縫線存在，智齒原本的位置早已清空，縫線密密麻麻猶如編織起一張小小的網，結實籠罩着那缺席的位置。

白色口罩儼如一塊安全布，這段時期適當保護了我的臉（或者形象）。只是早上起來不忍心化妝，只能輕輕塗一層薄薄防曬，無論我使用任何輕柔的美妝蛋或粉撲，都無法避免觸碰傷口的感覺。於是我想到毀容者的臉，如何每天起來照鏡，或者說，拍一張正常的照片？（這樣想，其實非常殘忍。）

幾天前，我坐在客廳暗紅色沙發上，撿起時間的棉球，鬆鬆軟軟地揑在手上把玩，每分每秒感覺過得非常緩慢。我沒聽過那麼安靜的時間流逝聲，伴隨傷口的陣痛。同時，冰袋按壓在左臉，敷着，凍結半邊臉的細胞。好像除了心之外我不曾感受過如此強烈的疼，要不是止痛藥，晚間很難正常入睡。

唯一安慰是，這種痛感比較是有期限的。

護士說，傷口很深，至少一兩週後才慢慢消退腫脹，必須每天以冰敷，吃抗生素、消炎藥、消腫藥，讓它慢慢恢復。這次診金連藥費合共一萬五千三百元。現金不夠嗎？我們樓下右轉往前走有滙豐銀行 ATM，佐敦地鐵站內有中國銀行 ATM，你取錢後，再來領藥吧。

聽到「恢復」二字，一度信以為真。往 ATM 取錢的路上，傳訊息給媽報平安：「順利拔完，稍貴。但人沒事就好，錢能賺回來。」

走在熙來攘往的彌敦道上，我忽然間想起兩年前在台灣的高醫師。他的診所坐落在同樣熙來攘往的和平東路一段旁，離我當時念的台師大很近。遇見高醫師那天，是我人生第一次拔智齒，我把所有的徬徨、不安、躊躇與擔憂都丟給了他，一臉緊皺的眉頭始終不曾鬆開。

三

那究竟是我第一次拔智齒。

「我們來打麻藥囉，妹妹放鬆些，不用害怕。」高醫師把針頭伸進口腔時，他大拇指與食指捏住我的口腔壁輕輕搖晃，讓麻藥滲透口腔，藥力微微散開。

「你嘴唇還有感覺嗎？我們再來打第二劑麻藥喔！」高醫師再重複動作，甚至能感覺到他指尖的溫柔。

「高醫師，我……感覺到麻痺了。口水……怎麼辦？」

「不怕不怕，我們有儀器替你吸口水的。」

「萬一中途想吞口水呢？」

「來，我們準備兩條管子吸，你放鬆一點，試着用鼻子呼吸就好。」

調整呼吸後，第一次聽見自己鼻息的聲音。閉起雙眼時一片漆黑，止不住想像冰冷金屬如何探進我的口腔內部，有所動作。這時，耳畔傳來護士的聲音：「妹妹，來，給你一個娃娃抱着，它陪着你拔牙，不用怕。」二十歲，不是十二歲，我還抱着牙醫診所的娃娃，它陪我一起拔牙。

十分鐘後，高醫師成功去除我人生第一顆智齒。

「不用害怕囉，牙齒順利拔出來了，你要留着嗎？」

「別別別，它好醜。」

「其實牙齒也沒有想像中難拔，費用我們算便宜一些吧。」高醫師對護士說完，便離開轉向另一位病人的方向。護士指示我到診室門外的白沙發上等候。結帳時，價格從原本估算的台幣一千二百元，降至台幣八百元。高醫師和護士們都知道，沒有健保卡底下所付的醫藥費，會比平時貴好幾倍。

「醫師說你是學生，費用盡量算到最便宜。回去記得敷冰，吃流質食物。一週後回來拆線。」護士姐姐溫柔叮嚀。

拔牙後，傷口十分疼痛。我嘴裏咬着紗布搭一趟巴士，去很遠的地方吃了一碗不知其味的豆籤羹。那一刻在異地無助到只想到放逐。

回憶錄像帶一旦開啟，便難以關閉。此刻睜眼所見，全是舊日台北風景。

診所是藍色的，樓下是和平東路一段大馬路。沙發是純白，潔淨透光。牆身有電視，門推開的時候，門鈴會「鈴鈴」響。年輕護士聲線甜美，一身藍袍罩在身上，說話時像哄孩子般，非常和善地教你繳費、如何填好資料。醫師在診室內忙，不止一位，同時照顧一整排五六位病人，護士也有三四位在當值。

第一次爬上樓梯的時候，當時智齒發炎至疼痛難耐，一週拆線後，傷口很快就癒合。

就這樣過了兩年。當右上顎另一顆智齒開始發炎腫痛時，我再度爬上這間和平東路一段旁的診所，尋高醫師身影。他那寬厚的方形眼鏡仍掛在鼻梁，口罩下的臉那麼白淨。這次健保卡已成為我的隨身物品，高醫師不僅僅給我拔牙，還補了左顎下方最後一顆蛀牙，只是補完後幾週，牙齒都無法咬較硬的食物。反覆回診，不知其原因。

「我再給你重新補一遍，好不好？」

「好呀，麻煩你了。」

「這次你試試看，兩週後來回診，如果再不適應，我把牙再磨低一點，看看上下顎咬合時，會不會合適點。」

事實上，高醫師比我自己還擔心牙齒狀況。但沒多久，行程有變，我離開台灣了。高醫師替我補的牙一直躺在左下顎，沒有更好也沒有更壞，直到我在香港洗牙時，牙醫都說那顆牙補得很好。但我始終沒找到它無法承受咬合硬物的原因。

四

日子一天一天過去。

這次拔牙不在台灣，而在香港。

徐醫生觀察口腔內部時，手腳很俐落，簡單扼要地說明這顆智慧齒難拔，有一定風險。難拔程度一至十分的話，我的牙齒獲得八分。拔不拔看你自己。我問他通常是不是建議處理。他說沒有建議，這種事情你自己做決定，拔就現在拔，不拔你就回去想想。但，不拔牙齒就會繼續橫生。

他說話真的很俐落，讓我想起 bartender 調酒時的爽快（喝不喝由你，你的事自己決定）。費用怎麼算？正如剛才說，你這顆牙難拔，肯定比一般貴，手術費要一萬三千元，你可以想想。現在拔嗎？我們來簽手術同意書。這種手術會有風險的，會有百分之一至二造成下唇或面部神經麻痺。是會恢復的嗎？剛才的百分比，我說的是永久。

一連串的字句彷彿在徐醫生口裏顯得過度擁擠，他才不得不趕緊吐出，清理乾淨。他說話的速度很快，不帶尾音也不帶一絲猶豫。我總覺得他趕時間下班會去蘭桂坊喝酒或跳舞。一紙手術同意風險書印好，他邊寫邊碎唸，怎麼每次都要手寫拔哪顆牙，電腦列印不是更好。到底能不能備些印章先蓋好？讓我直接簽名就好。寫那麼多字，多花時間？他問他的同事，效率在哪。

護士安撫了他便示意我躺下。沒想到一句話也沒丟下，麻醉藥的針頭直接插進。打完一劑，再一劑，直到第三劑完成，徐醫生才告訴我剛上完麻藥，要去隔壁手術室等候。這一等，眼巴巴看着手術室的燈罩手腳變得更冰冷。我以為他會十分鐘後過來，但是他沒有。時間一分一秒過去，椅子滲出一股寒氣緊張得令我指尖抖動。

沒多久有聲音傳來。這才發現手術室的電腦與隔壁看診室的電腦是相通的，徐醫生看診的聲音不小。由是我看見了另一位男病人的牙齒 X-ray，一顆顆形狀如無限符號的金屬鑲在牙內，佈滿口腔。

那一刻，我才覺得自己好像躺在了荒原，卻又聽得見人間。

半小時後，徐醫生快步走來。

一塊難看的大型綠色布蓋在我身體，冷漠得像覆蓋屍身。護士湊近，再用另一塊小型綠色手術布蓋着我的臉，中間留有一顆圓形的洞，露出嘴巴和鼻子。

張開。金屬儀器伸進，敲牙。口腔麻不麻。麻。有感覺嗎。沒有。Good。我們現在開始拔牙。傳來齒輪運轉的聲音，像五金店舖在打磨金屬，敲，鑿，割，我已經分不清後面的動作。現在會有一些不舒服，你忍一忍。原來要把牙撬起來。很瘦。再磨，再撬。分三次，終於，牙裂成三份呱呱墜地。終於開始縫線。為什麼這些線不是我當初 order 的那款。廠家說沒貨。這種線很難用知道嗎。知道。有沒有其他顏色的線。有，不過還是白色比較好吧?唔，當然是。

沒多久，線縫好了。然後，他捲起橡膠手套，往旁邊一丟，轉身離開。護士指示我漱漱口，再往看診室坐下。

「下週回來拆線，有沒有什麼問題?」

「好。是不是……只能吃粥?」

「基本上只能吃流質食物。」

「好的。」

「沒事你可以出去外面等了。」

一週後。

「醫生，為什麼我的傷口還會滲血？」我舔着血絲，忍不住問。

「你刷牙不乾淨，才會流血，沒辦法，再吃一個療程的抗生素吧。」

徐醫生看了幾眼，沖刷一下傷口附近，便捲起橡膠手套熟練地丟掉，離開了椅子。

「有沒有什麼其他問題？」

徐醫生坐在他寬闊的實木辦公桌盯着電腦問我。

「沒有了。」

「下週再回來複診。」

「如果吃完這療程沒再流血，可以先不回來嗎？最近工作有點忙。」

很實際地，我想到了口袋裏的錢。

「我的職責就是要確保你沒事，按慣例我是需要讓病人回診的。回不回來，你自己決定。」

確保沒事，這句話想來還真有點諷刺。

五

拔牙一個月後，左臉頰在一天之內忽然腫脹如球。下班後前往西灣河一間普通牙醫診所求醫，照 X-ray 也沒找到原因，但是傷口在流膿。盧醫生用抗生素止痛消炎藥治療，傷口再度消腫。不到一週，傷口再度甦醒。盧醫生說，再開一次藥，便不能再開，可能要轉介我去專科牙醫。

又是專科，想到徐醫生那張趕時間的臉，我十分猶豫。索性 Google 中環幾家口腔及頜面外科專科診所，終於擠進一家坐落在中建大廈的專科診所，約好下午四點半見醫生。推開診所門，光鮮散發充足的暖和度，乾淨整潔，沒有佐敦那間近乎發霉的氣息。這次女護士細細探問我的病情之後，再轉告醫生。

首次見面，王醫生讓我躺下，他站在我的背後伸出雙手沿着耳朵下方輕輕按壓至下顎，反覆確認推敲腫脹的幅度、位置，才讓我去隔壁照一張 X-ray。觀察口腔內部與 X-ray 之後，確認病情嚴重，需要緊急處理。

「你的傷口看來有細菌感染，藏了一大泡膿在裏頭。」

「那……現在如何是好？」

「我們來試試抽膿，之前嘗試過嗎？」

「沒有……是不是會很痛？」

「傷口在發炎，必然感覺到痛，你忍一忍啊，必須把膿抽出來，才有辦法消腫。」

「拔牙多久了？」

「大概一個半月。」

「這麼久也沒好起來？傷口復發多少次？」

「這是第二次了。曾經消腫，但不到一週，又腫成現在這樣，十分痛。」

「這樣很不尋常啊，我們要找出原因。」

王醫生比我之前遇過的任何一位醫生都年長，甚至長得有點像作家黃春明。他看病的速度不疾不徐，十分仔細。一位醫生不會讓你覺得他在趕時間，已經是最基本的善良。只是當十八毫米針頭插進我發炎且腫脹的傷口時，躺在椅子上的身軀像一下子被雷擊般，痛楚立即擴散。

「你再忍一忍，我們快抽完了。」

「……好痛。」

「沒辦法呀，你的傷口發炎得很嚴重，要盡量清理乾淨，才能消腫。再忍耐一下就好。」

針扎進肉，痛楚蔓延開來，腦袋忽然開出一朵炸裂的花。忍不住，淚水自動落下，也不是傷心，只是覺得，痛楚一時難忍。

我問王醫生為什麼會這樣反覆復發。他的診斷是牙的傷口很深，有可能當初清理得不乾淨，滋生細菌。目前緊急處理過，理應會慢慢消腫。但我必須長時間保持口腔衛生，每天鹽水漱口，還要回來定時追蹤傷口情況。

原來是細菌滋生，於密閉的傷口內，完成自我繁殖生長。

那麼是手術後，傷口清理得不乾淨嗎？這不好說，也有可能。那麼手術過後，理應是消毒傷口，線縫起來，細菌沒有機會跑進去呀？唔，也是有可能的，或者是口腔內的細菌，跑進傷口裏。所以現在也無法追蹤源頭了對不對？你也可以這麼說。

無從得知，到底哪裏開始。細菌就這樣追着一顆缺席的牙跑，傷口反覆發作。已經超過六點半診所要關門的時間了，王醫生還定定地坐在那裏。他一副高大身軀坐在電腦前，凝視着我的雙眸認真聽我提問，有時我聲音變小，他怕聽漏，靠過來問我在說什麼。

「現在緊急處理過，再吃一個療程的抗生素，等它好起來。只是下次如果再度復發，我們就要進醫院開刀動手術，打開傷口，將裏面的細菌全部刮乾淨，才有辦法令傷口完全癒合。但是，如果幸運的話，一段長時間內傷口不再發炎，代表它在恢復，內部骨頭在生長，就不必再擔心了。」

我走到櫃枱準備結帳時，經驗告訴我先問清楚收款方式，然後，每個項目分別有自己費用。

「唔……今天收費會比較高，剛才醫生替你做的緊急處理傷口感染治療，這項目費用是五千元。我們也知道，你剛出來工作沒多久，身上沒有保險。王醫生說，可以免除你的檢查費、藥費，這次我們只收治療費。吶，這塊冰墊給你拿回去敷，傷口會腫好幾天，自己小心點呀。」

如是者，原本將近八千元的帳單，離開時只付五千元。佔去一個月收入的三分之一，治療傷口未癒合的牙。

那天離開診室，已經將近七點，寶藍色的天空覆蓋在入夜後的中環，沿路擠滿了形形色色的 BMW、Audi 或 TESLA，等着或沒有等着衣著光鮮的婦人或某某董事長。外國人牽小孩在我面前走過，身上掛着一件普通 T-shirt 加牛仔褲白布鞋。擦身而過的華人，或獨自逛名店的婦女，全身反而閃閃亮亮。沿途我發現人人追逐的東西都不盡相同。

六

兩個月以來，吃了許多頓生滾粥與腸粉。後來我離棄了粥，開始吃牛奶和麵包，或者恢復好一點時，吃一碗魚片河吧。

很想告訴高醫師，我終於在多年後的今天，找到牙齒疼痛的緣由了（是左下顎那顆橫生的智齒啊），也遇見與他相似的醫生。

總是要經歷些什麼才看得更清。所以踏遍各種路途後，才見證到白袍內藏着的，那一顆真正的醫者仁心。

「沒事的，你那麼年輕。」

一

疾病猶如一場從肢體輸出語言的舞蹈。鏡子前粗硬髮絲、蠟黃膚質，少許暗沉斑點點在臉上。看起來一如往常。它靜默無聲，無根由也無來歷，舞姿翩翩，在體內自由穿行來往。

身體輸出的秘密，原來在七年前已悄然成形。

二

步入骨科診室，醫生說：「你彎腰，我看看。」於是，脊椎一節一節垂低了頭，像蜷成一個「9」。（我可以的，收攏，再伸展。）「彎腰順利，不痛吧？」「不痛，只要不復發，其實生活一如常人。」「嗯，去照X光吧。」於是，我轉至走廊盡頭更衣，從外殼一一卸下多餘之物，赤條條地將自己套進一件紫色棉袍之中，鏡子照出暗沉膚質，以及一高一低的肩膀。再一次地，又一次地，躺上那張薄如紙板的床，側身，弓背，手抱大腿如球狀。

嗶——咔嚓。

嗶——咔嚓。

電磁波越過皮層直直照射脊椎的大輪廓影像，骨架結構因此成形。醫生說，從輪廓影像看來，內裏沒有長骨刺，除了脊椎側彎較明顯，其他一切正常的。「沒事的，你這麼年輕。」骨科醫生說。

醫院場景在記憶盪開是一條綿長的白線。這條線最初牽扯到生命約莫在我非常年幼時期，有段日子在韶城醫院熬過一場不知名的治療。銀白冰冷的座椅晾着許多前來掛點滴的乾巴巴的身軀，光線從條紋窗簾布微微滲入，消毒藥水氣味盤踞在所有縫隙中。我認得不鏽鋼輸液架有五個輪子，它可以滾來滾去，也可以陪着我寫功課、發呆與睡覺。一包包透明的點滴高掛在輸液架上，透過針孔傳送到血管裏，餵飽身體後，家人就會帶我離開醫院，去買一包小零食作獎勵。

記憶的層面還包括扎針時刻。每次不情願地伸出身體的一部分，別過臉去，護士用消毒藥水抹抹皮膚，細針就扎進去了。這種重複又重複感受皮膚被刺穿的恐懼，一把一把落在年幼不懂得問的心裏。有時護士會選擇內手肘作為落針點，並在外手肘綁一個空藥盒作固定，這時我必須乖乖把手臂放在桌上，維持固定狀態。當時最怕護士看中腳背，那薄如紙的皮膚，是落針最痛的地方。

在醫院待着的每一刻總是赤裸無比。

一次實習護士姐姐將我左手背扎得腫如小山丘，氣得家人直直責備。那時不知該怪自己的血管長得不顯眼，還是怪護士姐姐扎針技巧不夠？年少許多事情不懂得問。為何找不到病因卻長年打點滴？那年不過七八九歲，許多白濛濛的透明光陰，讓窩在醫院角落裏的小身軀，隨着點滴而揮發。

（反正，是命運選擇你而不是你選擇它。）

三

直到有一天，腰底椎兩片肌肉開始突然僵硬，才又回到了醫院。從三軍總醫院到仁濟醫院，每間診療室的氣味、佈景深深刻在心裏。不約而同地聽過最普遍的一句診斷：「可能年輕吧，坐姿不好，肌肉容易發炎。」於是，白圓小粒狀的肌肉鬆弛劑與紅圓圈狀的強效消炎止痛藥，是門診室外那一波一波候診時光所換來的止痛小禮物。

這兩年頻繁走進中醫診所，尋求針灸治療。「這樣反反覆覆發作，有可能關節或軟骨組織出現問題。盡快去照 MRI 吧，不適宜再拖了。」「復發七年，時間也太長。幫你針灸，只是達到紓緩作用。」陳醫師的話在腦海迴盪，可能邊扎針時他也感覺到了什麼。

疾病而後昇華成一種陪伴，一如P體內多年升升降降的毒素。很年輕時復發一遍，後來毒素消隱至 undetectable。近年一石激起千層浪，朵朵浪花外表光滑內裏卻藏着狡猾的毒，隱密鑽進並且黏附着他。所以不得不重新踏進診療室，再次量度病毒的N次方，再帶回新添的藥物。承受的定義，在他身上又 refresh 了一遍。

病症不會敲門探問：「嘿，你準備好了嗎？」來了就是來了。看不見但你察覺到。

那麼多年，疾病一直訓練着他生存的能耐。承受瘖啞並徘徊在幽暗洞穴，午晚吞下或圓或方或瓜子般的顏色藥丸，它們定義着憂鬱的形狀。而我，往身體餵針或餵藥，不見得能根治腰患。

四

今年春夏之間，腰患三度復發。我嘗試離開凳子，站立，手掌壓在桌沿，卸下平時使用腰間的力，每一個動作都如斯緩慢。想起大學裏的一位教授，長年以拐杖代替雙腿支撐移動，身材矮小，手臂卻額外粗壯。一坨肌肉迅速生長，另一坨肌肉迅速萎縮，一團筋肉兩條命。當我邁出右腿，發現跨步限於一小步的範圍，不能更多。

陳醫師的話語再次迴盪於腦海。走上小斜坡回屋時，繞着他的手時我忍不住問，這樣下去如何到老呢？每走一步路，腰間使力，每一秒都觸發着疼痛。是我杞人憂天了嗎如果腰椎惡化脊椎曲度變直，一張弓被緩緩拉直，左右肌肉受力不平均，椎間盤內壓增大，後果之一可能是脊椎間的軟骨組織受到壓迫而呈現裂紋。沿途望着水泥地專心走路。這些細節，每一個細小動作，彷彿提示着我關於生命的什麼。

「沒事的，你還那麼年輕。」已經忘記第幾次，他從藥房買回撒隆巴斯大片膠布，一塊一塊地張貼在我腰身，像衣服補丁的布。直至腰間殘留暗沉的膠布痕跡，由濃至淡，曾泛紅痕癢，漸漸轉變為一層薄薄但粗糙的皮肉。我認不得那是自己的身體。

五

終於鼓起勇氣照完MRI，一週後取得結果。從磁力共振診所步出那天，我永遠記得是六月四日，S走在側旁。銅鑼灣陽光普照，街上佈滿藍帽子，一紅一藍閃爍的燈光侵襲着行人視線，他們一步一行，特別掃視街上的年輕人。

報告證實了陳醫師的猜測：脊椎退化，椎間纖維環撕裂，兩節軟骨組織已枯乾如柴。顯影報告解剖了身體內層，我彷彿手執一面鏡子，與裏着七年之久這場隱密的疼痛，在六月四日這天坦誠相見。

不久後回到醫院複診。站在骨科候診室門外，走廊佈滿了各種彎曲、蜷縮或扭曲的軀體，好像水氣一點一滴在空氣裏蒸發、接近枯竭，是沉落的氣息。有人在用力咳嗽，有人發出微微呻吟，有人大聲投訴護士，也有人用擴音器播放手機錄音，雜音四處流竄鑽進不同人的耳蝸中，如同一場自由演繹的錯音合奏會。一位行動艱難的長者，由傭人攙扶並手持拐杖，走來走去卻找不到座位。另一位坐在輪椅的長者，無法言語，由親人陪伴等候複診，他眼神十分呆滯。

泥菩薩過江，你說，誰能怪誰？

坐在這裏的，與創傷外科有關，也即是骨頭的事。（而我始終站着，白色T-shirt配牛仔短裙，外皮看來應是候診室裏最年輕的病患者。）一時想起身體裏纖維環的裂紋，壓扁了的形狀，想着事到如今。

「這種情況，是沒得復原了。你只能延緩它的退化。」

「沒想到啊，你那麼年輕。」醫生說。

（因為年輕，此後我們共生的日子，將一如既往地漫長。）

28

你終於活到了你母親誕下你的年紀。是一不小心地，自母胎滑落，呱呱落地。再一不小心，時間滑行至今。

那年你的母親芳齡二十八，事後她說已經晚了。你無法追憶那種對年紀、青春、自由作殘酷詮釋的年代，她以遲來者（還是無名者？）的身份遇見此生摯愛，回頭看那真是一場殘酷的生命考驗。到底是什麼原因，礙於身份、血緣甚至關係，無論多少年前的事你還是不便多問她的過去。她青春年紀的調色板，有你，也有其他人。如今你只能從各人（包括她）不經意掉下的言談碎片中撿拾、拼湊，加以想像，才恍然明白，生命到底是不同。你，當年這副細小白嫩的嬰兒之軀，曾伴她面對一些特殊處境，是你永遠無法想像的艱難。你不曉得你的誕生為她帶來多大災難和勇氣，同一顆種子的毀滅與綻放，盤踞、糾纏、肆虐於心，回憶跳動她當年就是活在你這歲數的生命，開始學習如何當一位堅強的母親。

小時候書桌前養過一棵仙人掌，只有一隻手掌大小，外表微刺微綠。與植物無緣，養了不到半個月，仙人掌枯死了。

是事後才領悟，有些人誕生一刻，即是脱落開端，踏上一條無可復返之路，離開生命的原初，是與眾不同的。你從小就很聽話很聽話，大人説一你不會説二，在外人面前，用層層禮貌客套溫順去包裹着一顆敏感脆弱的內心，所謂的眉頭眼額，你細細觀察着，聆聽着，尤其當你抵達陌生地方，你母親最驕傲自豪的便是：「我的女兒很乖很聽話。」乖是什麼？聽話是什麼？現在你會知道，那只是一場巨大欺騙的演習。尤其在經常無視你與你母親存在的那個家族，你必須表現得乖巧得體不吭聲，因為除了母親之外無人會在意你，一旦你的存在你的移動你的音波干擾了家族正常運行，那是真正的「脱軌行為」。

實在不必較真，多少年過去了，你嘗試開解邁入年老心境的母親。她口中反覆反擊那龐大家族的每一句話，聽起來都很像小時候咬甘蔗吐出來的蔗渣：乾裂、粗糙、剩餘。是典型的創傷後遺症對傷口念念不忘嗎？還是只是心裏永遠過不去的過去？真不知道。

「放下才是解脱呀。」你繼續安慰，「況且，你現在過得很好，他們只是微不足道的塵埃。」說出這句後，你後悔了，好像多年來掙扎奮鬥想盡辦法反擊的一拳打進了空氣裏，她如何抵達真正的釋懷境地。

九十年代，韶城安安靜靜躺在粵北版圖裏，粵語地區，住在裏頭的人兒會收看翡翠台與珠江台。時代滑過千禧，從坐在電視前收看翡翠台的人兒，轉瞬走進電視裏的背景城市，那才是微小生命裏真正的一場「大躍進」。沒想過，人生是一場被安排的典禮。被告知直到被勸説，種種原因他們説不得不，留下一句：「為了你好。」迴盪在童年記憶。直到二十多年後的今天，身邊情人偶爾閒聊問：如果當年命運不是如此安排，你會過着怎樣的人生呢？是粉紅色的嗎？我笑了笑，說：「還真的不敢想像。大概不會遇見你。」

一直未敢與母親討論，關於生命裏的一些抉擇。兩人中間莫名其妙隔着一堵厚重的水泥牆，界限不得逾越，我在牆的半邊裏爬梳自己，忙碌生活，只能向她進行「事後編織」，將她隔在那裏。一直以來，讓她低限度參與我的生活，不是賭氣或懷恨，純粹只是無法。拒絕不會不殘忍。正如當初舊情人拒絕留你在台，後來你拒絕再與他聯繫；另一位情人拒絕清除前塵舊物，你拒絕接納他某部分的視若無睹。何時我們都生出一顆拒絕的心？

拒絕是維護、捍衛、保證自己對自己的忠誠。在這忠誠之後，也就是開始對他人傷害。

「你要好好照顧自己。」

「不要吃太多外賣。」

「我不想你去太遠的地方，見不到。」

「好好留在香港吧。」

她退休之際離開香港前，希望我能永遠逗留在此。這種渴望出於單純動機，她說：香港近。我想她內心是害怕，再度折返台灣，島嶼需要飛行。「那邊薪水低，不安全，會打仗，有地震的，你還是不要去。」種種能夠想像成為理由的理由，她都說了，傾盡而出，你依然無動於衷。為什麼一個生命希望將自己複製的生命留在身邊（兒女又不是情人），陪伴終老也是另一場必須遵守的諾言？儒家孝道出發，「從古至今，父母都是子女的生命之源。而孝道的最終歸宿不外乎是兒女要學會珍惜自己的生命、提高修養、建立功業、讓父母安心並且得以驕傲。」那我必然是被雷劈、終生不渝地想辦法隔絕一切，為自己與父母的距離加上一道防疫透明隔板，防止再度被安排、被演練、被懷疑、被控制或者被無限流淌的愛來浸泡。

那麼反傳統那麼孤獨絕傲如仙人掌帶刺般昂首站立，然後等待枯竭。他們會說，等你有了自己的孩子，自己的家庭，年紀大了，自然會明白。可是如果我不想明白呢？如果年紀大了，我還是隻身一人呢？會如何？又如何？

從來無法想像，如果我要抱着一段婚姻，擔心丈夫不忠出軌，或者情感變淡存在變雞肋食之無味棄之可惜，終日圍着小孩團團轉在這個變態社會競爭激烈灌輸孩子扭曲的價值，太太之間用名車名校名屋苑來比較幸福感……這些，才是生命裏真正的自我添加的包裝負累。

說穿了，我只是害怕一段關係上鎖之後，永久被困住的淒涼。

終於，不知不覺我還是活到了母親誕下我的年紀，但我們是那麼不同。雖然年輕，連皺紋生長都不怕。表層青春飛揚，內心堆疊愈來愈多摺痕，在工作上偶爾想出創意偶爾也會得罪人，會被喜歡，會被討厭，好像一切都那麼剛剛好。有自己的世界、興趣、工作與生活。沒有婚姻，沒有孩子，不過他人（或父母）想像的人生，但我一直是自己。想着離開，想着流浪，並且時時憂傷。

潛伏味蕾的密語

於我，味蕾總是與情感絲絲扣連，密不可分。

先是想起了炸油糍。是外婆植在家族記憶裏多年。外婆炸的酥軟可口豆沙油糍，過年便會出現在餐桌上，我們家族的人必然吃過。村裏左鄰右里沒有這項食物，為我們家獨有。一顆顆脹卜卜的啡色小圓球，內含豆沙餡料，咬下去酥脆柔軟黏牙爾後一絲空氣的縫隙會從中釋出。甜度剛好的紅豆沙餡料塌陷在口腔，纏綿舌尖侵襲味蕾使得我們一顆完了會忍不住送第二顆進嘴巴。

恍若人間美食。這種糯米甜食我們會喊它的名字，卻完完全全不知道名稱怎麼寫。後來有了對糍粑的記憶，再長大一些，才知道炸油糍，是一種廣東農村較偏門的年貨小吃。不見得隨處有售。

炸油糍作法：糯米浸泡十二小時後，洗淨，磨粉，回來把黃糖加進去，揉成一小球狀，捏扁填餡再揉圓，放進熱油鍋炸七至十分鐘，晾乾。

說起來好像很簡單吧？憶述時我忽然想起了大油鍋以及外婆的汗，還有她那些年專心致志花在爐火邊的時間如何流淌。乾柴堆在鍋爐底下，劈裏啪啦燒成熊熊烈火，也漲紅了外婆的臉。柴薪從後山撿拾回來，一把斧頭狠狠劈開，裂成更小的柴枝。村子背靠大山，外婆喜歡凡事親力親為。那是一處二〇二三年的Google Map 也顯示不出來的地方，潛伏在大地邊緣，孤立於世界之外，外婆在這條小村莊一住便幾十年過去。村子有村子的生活。二〇〇九年三月外婆死了，死的前一晚半夜還在做炸油糍。後來偌大一間祖屋剩下姨媽。炸油糍由她繼承，彷彿是必然。退休後姨媽守着那裏的一磚一瓦，以及門前一棵從來不會結果開花的小樹，還有偶爾回去聚餐的家人。紅色門牌邊緣已經微微生鏽，滲出一股不可逆轉的歲月蒼涼。

炸油糍我不會在外面嚐到。即便有售，多半都是難吃的一團麵粉。

後來到了充滿美食的福爾摩沙島，小吃才又佔據記憶。

大學四年不怎麼懂吃，生活都是亂來的。住在泰順街三十八巷臨近師大夜市的日子，我會趁着凌晨一點打烊之前買一袋鹹酥雞回來下酒，或者隔天宿醉之後下午四五點悠閒下樓捧一大包燈籠滷味（九成是蔬菜），回來啃我的第一餐。油炸、濃味，淹沒味蕾的蔬菜透過那濃濃醬汁熬煉一番後，吃下去每一口都是異鄉的安慰。

但是台灣沒有我從小到大都喜歡吃的粉類。以前在韶城吃桂林米粉，在香港愛吃米線，台灣卻找不到適合的替代品。唯獨師大夜市入口三十八巷轉角一棟樓內的二樓，一間裝潢簡陋的越南餐廳隱身其中，我總是去那裏點一碗越南河粉，湯底不濃不淡，河粉順滑，配料是什麼不重要，只要靜靜坐下來把它吃完，就得到了主食的滿足。

大多數時間在台北吃劣食，油膩便當，直至離開台北，味蕾才慢慢甦醒。

海港老城基隆，大學畢業後無所事事在那裏停留過三個月。只要我唸得出來的店家/食物名字，在地者不會不熟悉。部分小吃唯基隆獨有，也是從歷史盛衰人口遷移而衍生出來的產物。某一年，香港朋友即將飛台北旅行，其中一天到基隆晃晃，問我的建議。閉起雙眼我以歪曲線條在白紙畫出了一幅詳細的基隆地圖，藍筆線條一筆一畫都是食物以及海的記憶，才恍然明白了深刻。

酥軟麵包肚腹中間劃開內填火腿黃瓜番茄滷蛋再塗上美乃滋的七堵營養三明治、創立於一九六八年冒出熱騰騰白煙內臟肥美的孝三大腸圈、在地六十年只營業半天以乾麵與皮薄滑口珍珠餛飩著名的三角窗麵攤、堆疊澎湃一整碗呈小山丘景象酥脆炸雞腿配邪惡蝦仁的天天鮮排骨飯，還有賴家水煎包、崁仔頂碳烤三明治、仁愛市場每天新鮮的厚切生魚片……沒有一項不是銅板美食，沒有一項不佔據味蕾記憶。這是依山傍海的港都日常，曾經我模仿在地者腳印，輕輕踏過，假裝自己生活在這裏。

說來都是過去。

肉體自有靈魂，舌尖裝載着時間記憶。味蕾潛伏的密語，在某個時間刻度留下痕跡，沒有出走。

校園微光

1

走廊有一尊聖母岩像。（不流血的。）

她的頭頂長年發光。（一盞射燈二十四小時照耀。）在淺藍與水泥灰的細小階磚磨擦着歲月的白，一步一步，穿着淺藍白領校裙的我跨進這所校園。當年也是不容易的，他們説，你獲派第二志願。

於是我順着第二志願的派位結果，來到這裏。迎接殖民時代留下的教會色彩，在鋪滿《聖經》意象的方塊之間踱步、行走，盪出一首如歌的青春。這不是一所古老名校，卻是一所擁有三十多年歷史的教會學校。（儘管過半數教師不熟悉《聖經》也不祈禱。）排球場旁立着另一尊聖母像，頭頂也發光，姿態甚美。聖母含蓄微笑，一臉慈祥，幾乎每一任校長，都習慣接受訪問時站立於聖母像旁，微笑，凝定，任由相機攝下他們與聖母的合影，成為時任代言人。

2

長大後才聽說，外間稱這類被樓宇包圍的學校作：屋邨學校。特徵之一，便是學生多在基層家庭成長。什麼都比較有限：文具、零用、食物、衣服和書籍。同學之間不愛比較。

小時候簡單生活由點線面組成，甚至沒有一個停留的地點叫補習班。學校—家裏—商場，假日偶爾去屯門市中心，吃飯，拍青春貼紙相（有泡泡圖案選擇超級浮誇的那種）。在國際學校任教的好友C，說她的學生出入由名車接送，上環？唔知喺邊。實質的生活空間，是典型的狹窄。相反，視野卻遠及世界各地。

我的中學很簡陋，七字形，一個籃球場，一個雨天操場，一個排球場，然後沒了。讀書時期，從課室望出去的多是藍天白雲，或陰雨迷濛的霧氣。離青山醫院不遠，因此，同儕間常常開「再嘈送你入青山」的玩笑（長大之後，才明白那多傷人）。旁邊有一個偌大的青松觀，道教場域，有假山流水亭台樓閣，我們卻很少前往。觀內裏有一間診所，同學笑說：「唔返學入去睇醫生，攞病假紙都仲得，夠平。」學校斜對面呢？像一處隱密的高級老人院，不像北角那種棲身於夾縫之間，賽馬會贊助專門為盲人服務的。記得高中曾服務過一次，唔記得為乜，只知道，好多老人堆在一室，呆呆滯滯，等着被餵食。我們這些小孩，提供一次性餵飯服務，到底是幫他們還是幫自己攢取社會服務經驗？唔知。當時興沖沖，一股正義感上身。盲人安老院正對面有間晨輝學校，也服務過一次。（服務到底是為了什麼？）小時候以為只得一間晨輝，後來才知，這一類別的學校都取名「晨輝」，寓意光明。放學在同一個輕鐵站所見，小孩面容或行為扭曲，接小孩的家長，多數惆悵而操勞。（更不說，上了輕鐵後，小孩突然發狂大叫，瘦弱家長奮力攔阻制止，但洗不走途人目光。）

很多事情都是在長大後才慢慢覺悟。

3

今年三月一日，無緣無故想重返校園，看看書展。那天步伐少許緊張，像面對一個多年未見的舊日知己。幸好沒有什麼形象包袱，被認得或認得他人，也無所謂。

有些老師，走的走，死的死，剩下的，提早退休。面孔生疏為多。看見一整個禮堂被書鋪滿，鋪天蓋地的書香氣息，最熟悉是那麼多年都沒變的氛圍。每本書都有自己的樣子，翻開書衣，內裏隱藏着最平靜可能也是最激烈的故事，現場看見自己的書和自己編的書，一如舊友重逢的喜悅。（這回是書不是人。）

也遇到一些人，終於體認到，書不變但人會變。

到了懂得看嘴臉的年紀。有些從前以為是善良的，權力觸及某個階層後，熱情忽而消散，人也變得勢利得多了。有些又，熱情得有點陌生。有時會想念Miss Y，人已身處國外。又或者無厘頭地想起已轉校任教的S Sir，他以前去台北探望家姐，不時也順道找我。多年憨直師兄一名，即使任助教，也沒幾個學生當他作老師。執着都寫在臉上，夠真摯，沒架子我喜歡。

4

青春是一個極度複雜的詞彙，糅合過多、過量、過重的情緒與不適應，如同一朵濕重的雲掛在半空，不上也不下，浮浮沉沉。在這裏有許多競爭，弱肉強食，微型版的小社會。

直至長大，真正長大（或者是一瞬間的事），赫然發現，原來不過如此。

有了一個校友身份，就等於你是這裏的過去。現在的孩子，仍很青春。新一代老師會陪伴他們成長，他們有自己簡單或繁複的成長旅程。再回來，我沒有任何姿態或眷戀。過去，也回不去。

5

後來我去過不同的學校禮堂，站在台上演講或分享，關於文學種種。站在那些禮堂的時候，我會特別留意禮堂的氛圍與建築特色。不時浮想起自己熟悉的那個，簡約厚實帶點磨損的木紋牆身，典雅棗紅色帷幕垂掛台上，舞台兩側各有一尊木製耶穌像，放眼望去都是光滑紋路的木地板。我知道感覺會不一樣。

留下一片雲彩在記憶。

過去的就讓它過去。不要死纏不放。

反正童年的校園記憶，與純潔不老的雕像，會一直長留在心裏，一如往昔。

輯三

人影離像

夢境・時間・記憶——念西

不久前曾做過一場夢。

時間在深夜，場景是一棟公寓的天台，水泥圍牆框住了部分視線。繁星點亮暗沉的夜，一張長桌與幾張椅子，長者坐在其中一張椅子，彷彿在等人，又好像不是。她安安靜靜地抬頭仰望天空，成為夜空底下一道風景。

我走了過去，凝望長者的臉孔，才發現好熟悉。她頭頂裹着紅黑相間頭巾，深灰色防風拉鍊罩衣，一臉恬靜、慈祥，似乎一早預感有人到來。我說，這麼久以來，第一次見到您。她笑了笑，示意我坐。聊天時，我分享最近拜讀她新作的感受。她語調平和，聲音柔而不弱，夜空底下交談良久我們彷彿說着星星的語言。印象深刻，以至於這場夢，長久留存在腦中。離開時我說拜拜，我們下次再見。

還是渴望重遇，雖然在夢裏。

週日早晨從另一場迷夢中醒來，手機連結訊號，訊息止不住跳動使得雙眼一時抓不住各種混亂。原來長者累了，生命按下一個 Pause 鍵，樂譜中的休止符——至少離世時是安詳的。時態是過去完成式，十二月十八日。

那一刻我明白，時間終究是一條直線。

夢境是自己的，甚至只是一場幻象。書頁紛飛，字符飄落，這段時期將她收納在字裏行間的密碼大量呑進肚囊，一連數月細讀《我城》、《候鳥》、《織巢》、《石頭與桃花》等著作，部分重讀，部分新閱，為即將發生的一場文學演講，跟學生立體地介紹這位作家及她的作品。「像西西這樣一位作家，生命處於多少困境，苦不言苦，心態樂觀，與人為善，由處世態度延伸至作品本身。二〇二二年共出版了四本著作。你能想像八十多歲的長者，創作力如此驚人嗎？」台下一雙雙眼眸注視着，傾聽着，似懂非懂的模樣。事後老師在訊息分享：「他們的確是比較安靜的，但放學時也有同學跟我分享自己寫下滿滿三頁的筆記，相信他們也吸收到不少！」自問從來不是最懂得演説的人，在機緣之下，還是努力着。時態是過去進行式，十二月十四日。

時間再撥早一些，夢尚未誕生之前。我們在一間美麗開揚的中學校園舉辦《候鳥——我城的一位作家》放映會，禮堂側旁一處藝文空間玻璃幕牆，手寫着西西與何福仁的詩。柔黃燈光映照在玻璃詩上，散發着溫熱的文學時光。過百位學生如期而至——有些穿着冬季校服（不是週日麼？），有些三三兩兩穿短裙牛仔外套（不是冬季麼？），總之，他們都來了。坐在偌大寬敞的禮堂裏，與來自五湖四海的同齡人一起欣賞《候鳥》。影像分秒輪播畫面一幕一幕切換，從視覺與聽覺交融之下建構起西西（及其創作）在世界的模樣（年輕人，你是否會好奇，我城何以培養這樣一位作家？）。赤子之心遊於藝，剪紙、Lego、毛熊、微型屋……每樣微小之物都是西西的玩具，也是她信手拈來轉化為寫作的素材。西西一生充滿童真、觀察細膩、對宇宙物事充滿好奇，這些特徵可從作品讀出。不以電影語言解讀但紀錄片的確雕刻着西西的時光面貌，影像與文本（〈仿物〉、〈土瓜灣敘事〉與《候鳥》、《織巢》）互相交織、融合與呼應，閱讀西西自傳體小說時我很受觸動，觀賞《候鳥》紀錄片亦然。兩小時四十分鐘影片放映隨後舉行映後談，何福仁、劉偉成兩位講者分享他們眼中的西西，以及紀錄片隨想。答問環節，畫面尤深是一位學生捧着《候鳥》一書提問（種子已悄悄地播下了麼？），並跟觀眾分享閱讀心得。時態是過去進行式，十二月十一日。

要是時間再撥早一些，場景回到十月尖沙咀商務印書館。與同事籌備秋季舉辦一場西西專題展時，一切彷彿是《石頭與桃花》的延續。早前將《石頭與桃花》推入校園閱讀計劃，佈展以「我城女子——西西專題展」為題，融入西西創作手稿、手作布偶、舊作、相片及《動物嘉年華》畫作元素，希望呈現作家的多元面貌及作品之豐厚，二〇二二是西西獲藝術發展局頒發終身成就獎之年份，為此一併向這位前輩作家致敬。展場空間零碎也細小，但在小空間裏呈現西西的大創意，又有它奇妙之處。展覽在書店燃燒我們也在燃燒，僅僅為期三週，很多人來了。作家們來了，文學讀者來了，學生們也來了，聽説是老師推介的。時態是過去進行式，十月四日至三十日。

記憶如此延宕，綿延不絕地，漂流在文學海洋之中。

直至現在，依然記得自己中學時期從課堂讀到西西的〈碗〉，及後逛深圳書城時買回簡體版的《像我這樣的一個女子》和《哀悼乳房》。懵懂年紀懂得不多，但記住了西西這名字。時間霧霾層層撥開，直至上大學後，才踏入獨立的閱讀期。那時，我穿梭往返於台大與台師大之間的二手書店，開始蒐集由洪範出版的西西作品。《母魚》、《花木欄》、《剪貼冊》、《美麗大廈》等，甚至由西西編選八十年代中國大陸小說選（《第六部門》、《紅高粱》、《爆炸》、《閣樓》）也一併買下。二〇一八年離開台北時捨棄太多書，但這一籮筐與西西有關的作品，始終相伴閱讀至今。

「我只希望，可以永遠這樣子，坐在我的小矮凳上，看我喜歡看的書。」（《鬍子有臉》）數年前在中大旁聽潘國靈的創作課堂，無意間記下這句。那時課堂講到以閱讀為主題的創作，印象十分深刻。這句話很西西，那種對閱讀的專注、專一與專情，背後總散發一份純樸自然。明明已是大作家她依然永遠謙遜地說：自己在練習寫作。課堂中，潘國靈以「西西作為方法」分析這位變化瑰奇作家多篇小說的創作手法，成為後來者進入西西世界的通關密碼。從電影小說到中國話本小說改寫，從童話續寫到現代西方經典小說諧擬，從圖文結合跨科際創作到編年體歷史神話小說⋯⋯城市一直在變，西西的小說手法亦然。如今，從我城到浮城到失城到V城到沙城，何嘗不是香港文學的一種演變、過渡與創新呢？西西是「香港製造」的，她筆下永不終止的大故事早已跨越世界邊界，一直帶讀者「上天下地，遊走古今」。

這幾年間，素葉前輩作家偶爾轉贈雜誌、書籍與剪報，其中一份是一九八一年在《快報》連載的小說〈南蠻〉。那個年代，她們讀到西西的專欄，其後從報紙一格一格剪下，再拼貼在淡藍色封面的薄款筆記本裏，封面寫着〈南蠻〉二字。這是她們曾經收集下來、讀過的、珍視的作品，幾年後在《候鳥》紀錄片聽見那句形容西西是「作家中的作家」，於是我又想起這本剪貼冊。後來知道，〈南蠻〉收錄在洪範書店出版的小說集《母魚》裏，翻開《母魚》，又重遇熟悉的陳大文與阿髮。淮遠曾送贈一冊《字花》出版的特別號《西西時間》，墨綠和紙封面配鏽紅書腰，拼貼出作家的獨特面貌。而今坐在西環 coffee shop 臨窗吧枱，濃黑咖啡在木桌飄香，午後碧藍色的天空半輪月亮淡淡冒出了頭，滿眼風和日麗，我也在人來人往的午後拼貼自己獨一無二的「西西時間」。

踏至年末，時間繼續不住地向前。明年再度走進校園，向學生介紹西西及其作品時，我知道有些東西已經不同。但她留下來的文字飛氈，供養給多少代人的文學養分，將成為另一場永不停歇、永不疲倦的閱讀旅程。

「您不過暫時走開，走進您的書本裏，我會經常看到您。」何福仁如是說。

掌門人走了，獨留下她的樟木箱子。但是不要緊的，她一早就在〈星塵〉裏藏了溫柔暗語：「是時候了，我該和你說再見了。喂，喂，男子漢，不許哭。你想看我，到了晚上，抬頭看天好了，夜空裏有無數星塵，會同時跟你相望，記着，每一朵都是我。」

H

一

我在書桌燃起了一束燭光，色澤溫潤如雞蛋花，一陣英國梨與小蒼蘭混合的香氣滿溢於室內，令暖黃枱燈顯得更柔和清雅。燭光如核桃般的尖削，「滋滋」地燃燒，那麼熱，那麼亮。我盯着眼前這束燭光，心很平靜，燭芯上半身被火苗燻黑，卻一絲不苟地立於圓柱形蠟燭中間，散發它本能的熱感。至於環繞火苗底部的白蠟，因熱度遞增而稍稍融化成一層透明的燭水。蠟燭愈燒愈深，燭芯愈燻愈黑，火苗愈拉愈長——看久了，視線彷彿凝固在這片燭光之中。

二

「在遙遠且顛簸的生命路途中，我們總會遇見各式各樣的人。」夜間在筆記本裏寫下這句。

遇見H之前，在職場曾經歷一場小小風暴。那段時間像走在一條地下隧道，內裏昏暗無光，陣陣陰冷抓着外露皮膚，好像一直遇不到期待的出口。也不知怎的，那時每張臉孔幾乎都是清一色的灰黑與暗沉，我張口與他們交談，一不慎便感覺到了刺痛。後來慢步沿着窄小幽暗的隧道，終於抽身離開沼澤地。

四月初春，萬物復甦之際，我來到新地方。那時便發現H的眼神裏透光。

「你終於來了。」這是H對我說的第一句話。H是公司裏的總編輯，她的聲音柔而不弱，有種河水在眼前靜靜流淌的感覺。不知怎的，看見H的當下令我想起小時候鍾愛的雞蛋花（又名：緬梔花），五裂迴旋花瓣白裏透着淡黃，呈現一抹素素的淡雅，與H有點相似。我抬頭看H，當光從她的眼神折射進我的眼球時，又生起另一種觸覺。是編輯的本能，一種無可替代的熱度，來自她瞳孔裏散發的光。

新環境我很快便適應。這裏的辦公桌是一張寬闊的弧形白蠟木桌子，座位後方更立着一排整潔的淡灰色書櫃。罩在頭頂的燈光通透明亮，我把書稿一堆一堆疊放在桌面，環繞電腦左右散開各放着一整排書籍，下班時隨手挑一本作路上讀物。有時早上提早半小時回來，坐在白蠟木書桌前，開展寧靜的閱讀時光，這時，我發現H也做相似的事。

一天早上八點多，路過H的辦公室，看見她手上攤開一本米黃色內頁的書，專注地閱讀中。我腳步略收，一時受到觸動，記住了畫面。原來這裏隱隱散發的光，其中一部分來自H。

上班數月，我與H的交集一直很少。但書展過後，各種微小原因使我來到H門前，輕敲一下，她說完一聲「來——」之後，緩緩把視線從書稿移到門邊。她不會皺眉，只會看着你的眼，甚至微笑。與她交談有種莫名其妙的放心，好幾次了，我們把話匣子打開，細細碎碎地聊很久。聊書，聊做書，聊閱讀甚至生命裏的其他思考。很偶然地，我發現H的閱讀養分相對龐雜，「什麼書都要讀呀，不能只讀文學，文學、哲學、歷史與社會都是相通的，後來我發現，許多文學家最終都是思想家。」

入行後才發現編輯是世上其中一種最忙碌的打雜工作。從策劃選題、邀稿、收稿、審稿、編排、校對、推廣……關於書的任何一項細節都與編輯相關，好像選項裏從來不存在「這不是我負責的範圍」之類的話。總之，所有的都與你相關。但來到H身上，事情又變得不太一樣。總經理兼總編輯，記得那次還傻傻地問過兩者之間的分別。後來才知，總經理管的，從人事管理到公司項目、政策方向、出版品甚至對外公關，「到最後，閱讀的時間只會愈來愈少」。我能夠想像，爬上權力愈高層，自己的影子只會慢慢縮小。萬物的此消彼長。

無論如何，H還是有能力坐在辦公室裏專心閱稿，是長年練就出來的能耐。她的房間有一排方形窗戶，日光不時剪裁葉片的形狀，從窗戶折射進來。枝椏上的葉片從茂盛濃密過渡到枯萎凋零，風景一年四季地在窗外過渡。不過，風雨無阻的書稿由年初至今仍然源源不斷投遞進H的房間，有時，我覺得她的辦公室簡直就像一隻紅色大郵筒，每天寫着 welcome everybody。文字如絛蟲在內裏生長且爬滿整張棕色實木書桌，與牆身鑲的「讀書是福」四字相呼應，很像H的氣息。

待在舊地方時，我見過W那張明亮整潔乾淨得一塵不染的書桌，第一眼便令我詫異。同為總編輯，W已經多年不看稿了。書堆在一旁成為裝飾品，只有一本熟悉的筆記本攤在桌面，字跡潦草。當W向我介紹掛於牆上一幅別人相贈的浮華佛像時，我不小心瞥見他目光一節一節沉浸在華麗的虛無中，一如這些年他專注於公司以外的其他事情。每天午飯時間前，W會撥電話問經理或助理經理，「今天午餐有約人嗎？一起去吃飯？」午飯與同事說說笑，閒聊幾句無關緊要的話題，等到六點下班一日又將盡。我與W曾在餐廳對坐兩次，席間多數沉默寡言。十二月與W在辦公室裏最後一次對話，印象最深刻的是，電話鈴聲如奪命追魂般響起，對方大聲追問：「你什麼時候來取回剛修好的寶馬？」

三

H渾身散發着一股書卷味，說話時語調溫和清晰，不急切也不媚俗，一身上下平實、素雅，不施脂粉只描淡淡的眉。一頭短髮齊耳的H，走路時快速且俐落。她的行程很滿，但自從知道我們部門辦了一個文學展覽後，一天週六她約我一起看展。事後我們坐在聖安德烈堂門前 The Nest 咖啡廳聊天，我會記得那一日的午後，栢麗大道在落地玻璃窗外舒展開來，老樹盤根錯節地生長，日光打在葉子的縫隙間，水泥地面生出的影子煞是好看。

「我們做編輯的，生活雖然清貧了些，但思想很富足。」H說。

這句話會令我不自覺想起了父親。不久前，他向母親打聽我的近況，得知薪水仍然不多。隨後他拋下一句「讀書多，賺錢少，那讀來幹嘛」的疑惑。一切透過母親轉述，話音未落，心一沉，此後便凝住。編輯一行，不過是底層的文字工作者，默默為讀者和作者搭建起一道橋梁，幸運的話，可以將文化知識思考傳播下去，生活平淡，也不得不如此。

然而我還是很慶幸生命裏有書相伴。

四

生活寫照最真實投射在每天埋首於書堆裏，H說得沒錯，無論是編書或讀書，這些感知文字的過程令生活鍍上一層薄薄的金光。

「秋弦，要多讀點書，你一定要多讀書。」

我記住了H這句令人心安的話，不像隨便鼓勵，說這句話時，她的語氣很誠懇。好幾次在我還沒回到辦公室時，她一捆一捆地將書搬到我桌面，貼一張黃色memo，示意書本相贈。自此，范用、李廣宇、韋力、劉再復這些名字飄進我的閱讀窗口，成為一道道立體風景。

一個人如果能夠記住你的閱讀喜好，並將好書相贈，她就是你記憶版圖裏的一副座標。

「相遇始分，相聚終離。」黃碧雲小說裏的一句話，我想到生命裏的各種關係。早一陣子傳聞H可能快退休，但我不知道是什麼時候。或者很快，或者還有一點時間。對於她的許多事情，我未必清楚。但我記得，她是一位愛讀書的總編輯，那是她離開辦公室後，我會非常想念的一道身影。

某天黃昏下班，走在英皇道上，日落蔓延至整條直直的長街，新光戲院霓虹招牌大剌剌晾在半空，映照天空中的日落。忽然我想起曾見過黑夜裏的一片海。站在九份山城，遙遙凝視那散落在漆黑海面的點點光亮。當時集魚燈靜止不動，散射在海底與四周範圍，熱度十分堅定，以至於我站在山谷裏，也能清晰辨別海的方向。

租書店的女兒

1

散文不是小說，雖然人物或故事有其延續性，唯記錄也要找到一個缺口。鏡頭倒帶迴轉。

二〇一七年八月。南都火車站前，黃昏夕陽抹進車廂裏的人臉。她、資婷和後座的你，你們的三人記憶。那天去關子嶺看水火同源（火焰不絕地從水中熱烈燃燒，終年不歇，而水則流淌於火束前），回程路過一處顯眼的建築群。於是停車，探頭察看，決定進門，看看裏頭有什麼。矮石牆刻着大字：台灣基督長老教會關子嶺教會，門前立着一棟小小的長形石頭教堂。教會創立於一八八四年，石頭教堂則建於一九三三年，你們忽然闖進百年歷史浮光，四周所見：石頭、大樹、綠地，一切自然之物，有種純良之感。青綠草地幽靜躺在教堂右方人在內如遢於無人之境，四周沒有多餘雜音。青草地的背景，是一幢白牆斜黑屋頂的簡約透光建築，感覺簇新，白牆身寫着「關子嶺長老教會體育館」幾個顯眼黑字，帶了相機的你，邀她們在建築群前留影，她一身素雅如常。咔嚓一聲，成為追憶中的時光碎片。

是事後你才確切知道那是什麼。如每次台南同行，你從來是反應遲鈍者。（她們走向哪裏，哪裏就是你的方向。）僅僅一小撮時光，如你這名遲到者，都值得撿拾、珍藏、惦記。

更早的發生在同年三月。永遠不忘那次擅自闖關的開端。你一個野孩子，一路從北部搭火車到中部，抱過阿里山神木，看過集集火車站，一路搖搖晃晃到達南都。查好成大課表，魯莽搭火車南下，你知道她在那裏。時間算好，不偏不倚正點出現在文學院教室，那門課，是她開的現代小說課。找個位子坐下（與師大的桌椅好像），自來熟般，把自己壓縮在陌生空間。她匆匆進門，派發講義，抬頭赫然見你。（這種重逢，到底會不會把人嚇死？）不知道，反正故事就這樣有了開端。「你怎麼來了？住哪裏？來幾天？」下課後你步隨她進入研究室，等候，她把研究生喊來，午飯陪你一起吃碗粿、小卷米粉湯以及蜂巢藍莓冰沙。

此後，她毫無疑問成為你的南都座標。

2

即便下筆較擅長寫人的你卻不知道從哪裏開始寫她。總怕筆畫不準確一不小心就寫俗了。相處時間不多但她在你心底佔有一定份量。時光如收集月光般一點一點地累積，裝進記憶口袋。最後一次台南見，說好了要來香港找你。果然不久後，她就來了。

你最愛的台灣小說家，敬愛的師長，鍾愛的「奶奶」，蘇偉貞。一人分飾三角。當初學姐們跟着她的孫子樵撒嬌喚她「奶奶」，（這明明是你此生最厭倦的稱謂）竟如心底迴盪暖音。（我們不來血緣這套！）軍人出身如她的強悍裏帶有一種對生命的穿透力，不過你知道自己凝視她的眼眸裏，柔光底下包裹着什麼。

她能感應你，熟悉你的事，尤其細碎敗破的情感。

二〇一八年南下。又是資婷、你和她。行程到最後不知為何三人無聊開車跑去一棟大樓裏算命。中年算命師一本正經，像為每間屋子輪流看風水般，那一刻你們就是自己的房子。付了錢，必須開門讓人探頭進去。算命師左問右問，你半信半疑只敞開一道門縫，他眉頭皺皺算不出什麼東西，都是些模棱兩可套在任何人身上都適用的言語。反而她劈頭一句使你目瞪口呆。（有一種傷口，年紀再小受創也不會留下疤痕；有一種疤痕，任何年紀受創都會留。關鍵技巧在掩藏。——《租書店的女兒》）因此無論你如何掩藏如病毒般的亂碼記憶情感她都有辦法識穿。（不當小說家不教書的話可以改行替人算命嗎？）幽微的曲折的變異的符碼，敏感如她都能嗅覺到。後來簽書時，她在扉頁留下一句：「擁有完整的自己。」

所以，這位南都女兒，在你從《租書店的女兒》讀到她的成長史前，身影已經不知不覺融入你成長的佈景板。十年前你讀到《時光隊伍：流浪者張德模》，如此以強悍的生寫死，連禱語都那樣堅硬，巨大悲慟來襲小本子仍然在床邊一撇一捺地記錄，才形成這冊生命之書。（事後甚至說，自己躲病房內寫博士論文！）說到底也是一種骨子裏的強悍，無人不會被此折服。不知為何，十年後你從《租書店的女兒》一書中讀到扁頭（按：蘇的兒時稱呼），這樣另類曲折成長，心疼又佩服。（難道這輩子真要獨自吞下所有苦難嗎？）

擁抱大概一輩子都適應不了的時差感，活在時間夾層中。在生命空間直面生死，永遠變形扭曲必須逃逸的二月，那麼多年仍是浪遊。書頁闔上你很想用力擁抱她，一如你們每次離別時那樣。

「我們下次再見啊。」

每次都是你用力抱上去。話脱出口，都奇怪地必須止住鼻頭一酸。

3

你想起多年來躺在病床上的奶奶，血緣上那位。時間磨平了很多記憶，以至於淡化成人間的一縷青煙。不過沒想到，邁入老到不能再老的一刻，瘦弱至無——床上躺着像一具瘦小的屍。那麼多年，仍成為你母親伺候的對象。（真的是不得不如此嗎？）今年回去，腦袋失智，開始認不得你。

「口罩戴着幹嘛，脱下來呀！讓她認一認你。」

「告訴她，你是誰。」

雖然你不明白其中的意義，你還是如你父所言，脱下口罩，嘴角扺起擠出生硬笑容，語言生疏得像隔着一塊厚玻璃。時間也是一分一秒，當作熬煉自己。

年輕時穿梭於你們家，她住下，還你以冷漠與距離。在她認知中，養家賺錢的是她兒子，你外婆家窮，她便一直瞧不起。閒時與自己的女兒（你的姑姑們）撰寫謠言是非讓碎片滿天飛，偶爾刺傷了你或你母親。石化語言，連同咒罵你的六歲記憶一併封印。年老之後，摔跤幾次，生活場景活生生地被搬進安老院。你們中間終於隔成一道安全距離——甚至，在你畢業工作之後，她發出的波頻不至於擾亂你情緒。親情的網你多年偷偷掙脱、解散，畫好一條路線滿足自己在地圖上的逃逸。

她縮小，變人乾。躺在護老院肉身偶爾腐爛，必須抹身。這已經是全市環境最好的安老場所，旁邊附設一間醫院。因為萎縮，你母得以擁有發言權：餵食、擦身，她動彈不得唯意識仍然清醒。你待不超過十分鐘，看她痴痴呆呆望着佈滿鐵網的窗的臉，那一刻才想過和解。

直到後來，她撐到最後一口氣，與兒子一別，就死了。參加她的告別式時，你想着於家庭而言，老人一生也算功德圓滿，養大一家子兒女。（無論你們親不親。）

4

但血緣歸血緣。情感不依血脈生長。

這十年間分別在台北、台南或香港相見，語言不多，背景其實不大重要，聚會有時人多有時人少。重點每次都有酒。她的乾杯姿勢，是你在一眾酒友之間，永遠都無法複製的帥氣臉。

繼二〇一九後，今年她二度來港。八月，帶着家人和資婷，重慶、上海、杭州走一趟，中途安排香港轉機，停留兩天，見你，也見她的好友碧雲。孫子樵從《云與樵》冊頁中化影為實，二十歲結實青葱的大學生，有他承襲奶奶的爽朗與帥氣，看着是孩子也不像。他説，奶奶現在少喝酒了。（心一驚。這怎麼可以？「如果可以每天醉，還真不願清醒。」幾年前她説。）四年後重逢，她過馬路你趁綠燈衝到斑馬線中央擁抱她，突然襲來的人形物體又把她嚇死。（滾燙燙的熱情？）後來一行六七人到西班牙餐酒館或潮州餐廳，還是一如既往地碰杯，玻璃杯的聲音很清脆，那晚後來有點醉。喝酒圖的就是那一響清脆的哐噹，傳進肚腹裏的回音。隨後九月一趟，她隻身一人，為了完成港大與城大兩場演講赴港。凌晨時分你去香港站接她，一個浪遊女子與黑色背包出現眼前。

台灣再沒有你駐足的人和事，疫情轉眼隔開四年。她來，她就是你的台灣。你一定會像以前她在南都照顧你那樣，以同樣的愛回饋。（雖然在她眼中，你只不過比樵大幾歲的小孩。）你們一起穿搭衣服，黑裙配黑裙，襯衫配襯衫，咖啡廳分食一盤沙拉麵包，晚間散步抬頭共享一顆圓月。（矯情也想問一句：存了多少運氣才換來這次相遇？）

不知道，不必問得那樣清楚。一角維港夜色配一杯小酒，兩日兩夜，在這動感之都移動，穿梭往來，記憶覆疊着記憶。你記得她對高檔商場冷氣槽飄散的香水永遠過敏，香氣撲鼻時趕緊拉她離去。期間，你吃到她心心念念的傳統潮州菜：酥炸魚乾、普寧豆腐、蠔仔粥、竹筍炆鴨……這回三名女子：她、她好友碧雲，與你。那一刻表面平靜內心狂歡的你真想瘋狂大叫。（可以把時光凝凍起來嗎？結冰，如原初模樣。）共飲過的酒瓶，瓶蓋扭回，你又像變態一樣將那晚的空氣裝在酒瓶裏藏起。

5

離開前，她從磨損卻仍發亮的啡色皮質筆袋取出一枝 Montblanc 墨水筆，留給你：「這枝筆鑾好寫的，給你。」你驚訝地接過，凝視，黑色筆身，短小精悍，筆蓋鑲着一顆藍寶石如胎記，可愛至極。捧在手上你不會不懂得它的舊，舊在歷史，舊在痕跡，以及伴她浪遊的這些年月。

她離港的隔天是中秋。你為筆身注入名為「月夜」的寶藍色墨水，非常柔和的一抹藍調，字跡在順滑米黃紙上旋舞、飄逸，彷佛自此盪出一首別樣的旋律。

【月夜】
iroshizuku
tsuki-yo
【月夜】
iroshizuku
50ml
PRODUCED by PILOT

T

1

窗外無星無月，藍黑藍黑罩着每一棟樓的頭頂，圍城夜晚一直都很靜，偶爾有汽車，駛過——又恢復寂靜。大部分公寓的燈也滅了，凌晨兩三點，睜眼的人有幾個？每次望見月光黃的街燈把整條天葵路刷得異常發亮，我就會想起圍城夜中多少個與我同樣的無眠人士。爵士樂抒情地拉扯起潛伏已久的情緒共舞，爬梳記憶的同時，又成為另一種熟悉的背景旋律。

所有事物一去不復返，連記憶有天也會石化。

二〇一八年，塵埃在陽光底下滿天飛揚而我只是隱匿在光的背後不願現身。軟弱一刻曾想過找T，我們什麼都不說只坐坐就好？後來念頭打消，失聯過久，一切該從何說起？我的電郵、手機號碼、手機、電腦在時間軌道中符碼一一變更替換，生活不至於荒腔走板但實際上，與T已經相距遙遠。

時間走過二〇一九到二〇二二，然後就來到二〇二三。

2

V字電郵荒廢已久，沒想到有天為了尋找某張相片，輸入久違的密碼後，彷彿跌入異樣時空——在電子郵箱翻開一個世紀前的前塵往事：斑駁、雜亂、粗糙、令人懷念也有種種不堪。記憶的蝴蝶飛呀飛，青春童話由失落字符在半空中盤旋再盤旋，一半在偷窺自己前半段人生，另一半感覺每封郵件都顯得如此真實而厚重。經歷那些年的變化，由是我知道成長的艱難。無論如何，如果青春期我曾一度感受「被寵愛」的感覺，那一定是來自T。

十多歲投稿報章時，意外地認識到T，地道香港人，年少時勤奮好學，當時因家境問題沒上大學，後來在夜校補足，自學英文，程度好到可以隨手接翻譯工作。一生獨身未婚，工作以外的時間奉獻給閱讀、學習、義工和教會。如果T是一位適合生活在陽光底下的女性（她身上具備所有滿足正向人生的好例子），那我必然是潛伏在暗夜裏的孩子：忙着跌撞與爬行。（所以我們的軌道注定分岔？）她對生活充滿感恩之心，善待與體諒他人，更重要的是：善用時間，從來不染一項陋習。當時我們交情很深，常常結伴出遊。說是朋友，更多時候她也在照顧我吧。

那年只有十二歲，生澀稚嫩的光影投射在身上，那就是T第一次見到我的模樣。

一個週六午後，地點在港鐵兆康站靠近嶺南大學的F出口，事先我們透過電郵相約（一如所有的網友）。後來路過，我都記認這裏曾直直立過一個瘦削身影，她手持一份報紙，沒有精心打扮但自然中短髮髮看起來十分柔美的身影。遠遠站在那裏，好像等了很久，走近時，她對我溫柔地微笑。

知性、有禮、皮膚白皙、善良溫柔，是T留給我第一印象。外形與台灣作家林文月相似，那樣的鬈髮，那樣的優雅。你能夠想像這種老派見面嗎？

3

相識初期，T在嶺南大學修讀文化研究碩士，所以我們的足跡遍佈這所校園。好幾次在嶺南樓飲茶、吃飯、聊天，填飽肚子後，也許她會回到圖書館寫論文，而我回到圍城的家中繼續努力溫習。如果時間較鬆動，我們也許會並肩走在離開嶺大的路途上，沿路步行五分鐘到富泰商場的茶餐廳用餐。T十分喜歡有人情味的餐廳或小店，相對抗拒連鎖或集團式經營（在資本主義這大熔爐中，尋找縫隙）。大快活、麥當勞從來不是我們的落腳點。後來再長大些，我們移動足跡遠至馬料水中文大學，餐廳眾多她唯獨喜歡留在蘭苑吃飯，她說，那裏靜。

中文大學未圓湖畔一席青綠，抬頭陽光漫溢四周，是萬物復甦的春季，鼻翼聞見新鮮嫩綠的空氣。二〇一二年三月底我們來到未圓湖邊，白色巨型符號猶如從天而降隨後在綠草地上穩穩地躺平，上面刻了元好問的詞與北島的詩，為未圓湖增添了一份詩意。T攜來相機，讓我站在裝飾藝術前拍照，笑咪咪的臉部擠出一團肉，撇不開青澀靦腆與青春痘。但是T說，值得用鏡頭記錄眼前的日子。

T帶我走過許多地方，那時年紀小，對外間事物充滿好奇，凡是與文學文化藝術電影有關的靜態活動，一有時間她便撈我去，讓我張開感官認識校園以外的事物，發掘自己的愛好與興趣。印象中T十分節儉，只是對我這樣一個小妹妹，她從來不會捨不得。當時我拿着每週僅有的零用錢增值八達通，週末跑去九龍或港島會合她，電影票或展覽入場費、餐費一切由T墊付。當交通一來一回，八達通裏的錢像被老虎吃掉一半，不時遇到母親碎唸。T知道後，輕輕問：「我替你增值八達通好嗎？免得你跟母親常為錢爭執。身外物，不值得傷感情。」我沒同意，但一直記得她說：錢是身外物。

虔誠、真誠、獨立、孝順、謙遜、溫柔、克制、盡責……T的身上都有。我甚至認為，太多太重了。

4

報紙編輯不容易當，甚至比出版社編輯難度更高。儘管T負責的版塊是週報，但組稿、採訪、催稿、篩稿、校對幾乎由她一人完成，底下記者時有時無，同行者一時熬不住辦公室又剩她一人支撐。晚間下班時，月亮不知道爬去哪裏。時間已經慢慢爬到了九點、十點，甚至更晚。中環回到馬鞍山，夜色跌入更深更沉的黑暗中。有時夜深回到家了她還捎來一封信：「做事不能沒有熱忱，保持初心是很難的。首先你要喜愛你的工作，才會享受，付出再多也值得。」T不是修女，但始終一身潔淨、無瑕，甚至那一圈圈頭頂上的光環神聖至令我肅然起敬——很像向他人描述她的美麗與詭異，虔誠與溫柔，骨子裏始終有着一份堅硬如石的信仰。隱形牆在兩人中間漸漸築起，思想的偏差、行為的偏離，由此區分出信徒與非信徒之間——儘管沒受洗的我吃飯時與她一起祈禱，或走進教堂唸〈天主經〉或〈聖母經〉，聲音很細，也很尖細，雙手緊扣，一不小心就會扎疼了手。

回想從前，我們去過很多座天主教堂，很喜歡欣賞那些或尖或圓的拱頂、彩繪玻璃窗與充滿故事的壁畫，耶穌受難被釘在十字架上，《聖經》故事從小聽到大（還是依然忘記）。其中一年我們到訪廣州沙面露德天主教聖母堂，那次意想不到的旅行是唯一一次共同離境，搭什麼火車還是巴士嗎？我忘了。只是記認，那座小島非桃花源地，卻依然予人一種遺世獨立般的存在。街上每一棟殖民建築、每一座雕塑都獨特綺麗，古樹老根盤纏於地面伴着島上居民共同生活，那是真正的百年老街風景。出發前T說：「我預訂了勝利賓館，帶你去住好嗎？那是一座老字號，可以感受一下著名的歷史建築。」我不曉得賓館一晚多少錢，從建築外觀、裝潢到設施，看起來都不便宜。後來才知，勝利賓館建於十九世紀末，新古典主義建築風格，曾經喚作維多利亞酒店。我們這次住在西樓，前身更是一九二〇年建成的滙豐銀行，是沙面著名的古老建築。至今閉眼我還能記起房間的氣味、木質深色家具佈景，兩張單人床，我們各自躺在床上聊天的時光。

在此行之前，我們中間曾斷了一年的聯繫。彼此不相往來。一年後她再次出現了，內心傷口好像迅速癒合（還真是因為年輕）。她邀我同遊，沙面之行，她才逐漸把一些潛伏在心底的抗拒因素告訴我，其中一些是無法宣之於口的秘密。那個長夜，我記得自己流了一些淚。

5

Dear V,

Wish you a blessed happy birthday. The day leads you to a new horizon of your new life.

Wish you a new life full of friendship, support, trust with true love and true hope. To become a person being cared and concerned but not fully occupied and 'booked'. To become a young lady learning to care and love but not to overlook the one(s) whom has/have given up oneself(ves) to be with you.

That is my words leaving to the 'good words' to those words of congratulation to your age 18's birthday!

May the Lord keep on bless and guide you day by day. Happy Birthday and Merry Christmas.

Peace,

T

這封信躺在郵箱十年了，生日的祝福，十年後重讀幾遍。

從通信的痕跡顯示，早在十一月初T已經開始規劃我的生日打算一起同行去哪些地方慶祝。我忘記自己當時在忙些什麼，課業或朋友，總之最後好像沒成行。

想起也慚愧，她在自己生命以外擠出一個小小的空間容納細小的我，只是後來我年歲漸長，沒有珍惜。

6

人人都覺得香港小，我們竟從來沒在街頭遇見。上大學後我們偶爾聯繫，上一次見面背景在台北，T來看我。事先她把機票訂好，旅館也是選擇靠近我學校的「師大會館」，她自己一手安排妥當。從香港來台北看我的人都住過那裏，包括當時的情人M，師長P，他們分別都住在同一處地方，是我很熟悉的場所。那些年，台北總是下着綿綿細雨，如我四季奮力卻拔不走的鬱結，悶成一坨濃縮在空氣。我和T坐在一間羅斯福路上的法式餐廳，她任我點所有喜歡吃的東西並且告訴我，別擔心價格。她來，主要是為替我慶祝即將邁入二十二歲的生日。那麼重視，那樣疼惜，每一年她都不會錯過，甚至在我們失聯的日子。那天是十二月二十二日，T來台過聖誕節，卻故意不約平安夜。我記住了那天台北的毛毛細雨，記住了自己向T輕描淡寫台北生活的愜意，「我在這裏很好呀，同學都不錯，放假偶爾搭火車去台東花蓮旅行，也很喜歡逛這裏的舊書店。我覺得台北很好。」不符合T世界的語言，我把它們都吞進肚子裏。過去生活大小事都能告訴T，直到發現再也無法訴説的那天，才感覺到我們之間，明顯隔着一道江河。

也正因如此，我在台北錯亂、錯置、顛倒的生活，使得我們愈來愈疏離。

7

T是虔誠的天主教徒，卻從來不對我傳播信仰。以前我們一起走進教堂，T唸經，我坐在木質長椅靜靜祈禱，結束後，T會溫柔地凝視着我微笑，然後一同離去，帶我到特別的餐廳吃飯。那些年不過十幾歲，T真的好溫柔好溫柔。我們相識於二〇〇九，投稿文章被T採納，一段時間後遂來信邀請我在學生報章撰寫專欄。一寫就是幾年。（寫作種子也就埋下了？）當年筆名「惜」，記憶鎖在塵封的箱子裏。

大學之後，斷斷續續又通了幾次信，再後來，就沒有了。

有沒有試過，出現很想聯絡一位熟悉朋友的衝動，覺得只要訊息傳出去就連結上了。但事後想清，你們無法重回同一條軌道，語言早已佈滿生鏽的痕跡？

T不在身邊了，我必須承認，編輯種子種在心，是當年受T影響的。入讀中文大學的念想，也是因為T。我們好幾次約在中大碰面，走在山頂天人合一的地方，視線越過吐露港便到達對岸的馬鞍山，T告訴我她的家就在那頭。「假若你考進中大，我們距離就很近了，可以常常在這裏見面。」我記得那時T也在中大修讀夜間課程，與生命教育有關，才剛修畢文化研究碩士，又立即將頭埋在學業堆中，那真是典型的T。勤奮，好學，全力以赴，不浪費分秒朝夕。

後來我也順利入讀中文大學。

再後來我畢業了。期間都沒有遇見過T。

在我們相識十三年後，我甚至跳進大染缸成為她同行。只是這時她已悄然隱退，回到馬鞍山那間推窗滿眼翠綠山景的屋子裏，度過隱居生活。「你相信緣盡麼？」L問。當時沒有肯定答案，但我想我是相信的。有些時刻，曾經是一顆遙遠的星球，遠遠掛在半片天空，伸手但不可及。

說起來都好像昨日的事。

我只知道，緣分是很難說的。

鄰居

一

窗外白濛濛一片，濃霧濕答答地鎖住了人的身軀，雨水維持在半空浮沉，半點也沒滴落。屋內拖着腳步在走，又像泡了水一樣的臃腫、膨脹。聽說今天降溫，蕭瑟的二月寒冬，既然同住圍城，想過好不好捎一則短訊過去？手機拿起，又再度放下。

每到一種年紀，像有一隻無形的手搓泥膠般搓出屬於那個年紀的形狀。小時候她牽你的手把你這一團肥白嫩肉裹在淺藍色嬰兒背帶中，走到哪裏都不願意放下。怕食物不乾淨、怕小手多細菌、怕你不開心……那些有她在旁唱歌謠哄你安睡的夜晚，你知道有她的氣息在旁便安心。

某一年眼皮底下忽然長針眼，小手使勁搓揉想揉走那種不適感，她發現後非常擔憂帶你去鄉間最大的醫院，醫生一句「開刀吧」像一把斧頭劈在她頭頂。「我怎麼捨得讓你捱一刀呀！」後來，她用最古老最緩慢的方式一天為你滴三次眼藥水，並輕抹眼藥膏在眼皮底下，朝着你的眼睛輕輕送氣哄你，不希望那雙水汪汪的大眼留下一絲疤痕。但五歲的你並不爭氣，每次塗藥膏就哭鬧，管不住眼皮一直眨動，她費盡力氣地瞞騙你，「乖，塗最後一次，阿妹很快就好起來了。」每天晚上重複溫柔動作，終於，眼底慢慢從深紅褪至淡紅，一個月後，漸漸恢復原來健康的白。

她是你小時候十分親近的姨媽，膝下無兒女。你小的時候她體態尚且輕盈，留一頭烏黑秀髮。步入中年後，生活起落令她性情改變，耳朵關起，對外間事物不再靈敏，甚至封閉。一人獨居，行徑愈來愈孤僻。

二

大角咀中滙街上一整排唐樓被漆上各種色彩（租金會因此而漲嗎？），其中一間，裏頭裝着你姨媽微腫的身軀。所以你看着它時，比觀看城中其他唐樓，凝神靜思的眼神不太一樣。新聞說起劏房議題，情景你不會陌生，十多年來它是你記憶裏如死魚般一動也不動的一小塊方格，終年昏暗、潮濕。你無法想像當年愛潔淨的女子如何將身體裝進去後，度過十幾年春秋。

但生活還是把她帶到這裏，過去便不問原因。在這間迷你劏房內她換了幾份工作結交各路朋友，歲月多磨增添了頭頂幾撮白髮，租金兩千五百元一路隨着通脹跳至四千元，房東把一間公寓一劏為四，三間迷你單人間加一間可擠得下一家四口的大迷你間。每年到了想收入更豐盛的季節，必然來「巡視業務」，一貫包租婆特色，丟下一句：「你住唔住？唔住過主，好多人等緊搬入嚟。加你五百，算少喇！」一氣焰以聲量作為基底，火辣火辣燃燒至整條走廊，每戶人家都聽得見。包租婆心底知道，這年頭年輕人喊着愛自由，很容易忽視自由的代價。她心想，二〇一九，說不定自己趕上了劏房的黃金時代。

三

最近聽到一個關於鄰居的故事。

一對姊弟倆住在三百平方呎的單位，原本是四人家庭。但父親幾年前患病去世，家庭減少為三人。幾年後，母親日漸消瘦，疫情期間竟發現罹患癌症，從發現患病到離世，僅僅三個月時間，家庭自此剩下兩姊弟。十七歲的姊姊與十五歲的弟弟，兩人生命只剩下彼此。

「那時他們剛搬進來時，姐姐還小，坐在嬰兒車上，弟弟還沒出生。他們父母年輕時挺時髦的，父親又高又帥，母親長得清秀氣質，呀——沒想到，眨眼就沒了。」十幾年光陰，燕姨是看着姊弟倆長大的鄰居，「我兒子比他們家的女兒大四歲，如今，我兒子都出來工作囉。」

燕姨把鄰居遭遇的一切看在眼底。在父母雙雙離世後，兩姊弟將原本只養了一隻小狗、一隻貓咪的家，搖身一變化為一座小小的動物園，新添的成員有：兩隻貓、六隻鸚鵡、一隻小狗和三尾金魚……「他們說，未來還打算養更多寵物。」

燕姨沒有多說兩姊弟面對父母離世的憂傷，分享側重點落在他們「事後」的生活方式。

「如果香港能養老虎的話，姐姐說，她還想養一隻大老虎呢！我問她，你為什麼那麼愛養動物呀？把家裏弄成動物園似的，氣味都飄散到走廊去了。你猜她怎麼回答我？」燕姨頓了頓，續說：「她說，我就是喜歡跟牠們住在一起呀，你不懂啦，動物永遠都不嫌多，別管我。以後有錢，我和弟弟要再買幾隻小倉鼠、幾條金魚回來……哈哈，我真的被他們氣死。」

鄰居是什麼？不過是，住在門的對面，兩個家庭，各自生活各自承受的居住者。好心的燕姨不時會喊兩姊弟過來吃飯，「不過是加多雙筷子嘛。」說時輕鬆，但姊弟倆有嚴重的挑食習慣，對燕姨特別愛加薑炒菜的習慣不甚喜歡。於是，這家庭大部分時間由姐姐從樓下買外賣，回來屋裏和弟弟坐在一起吃。「今年春天我特別忙碌，很久沒和兩姊弟聊天。那天弟弟放學回來，碰巧在走廊遇見，才發現他皮鞋岔開口，鞋底都磨爛了。我趕緊捉他到附近商場，買了雙新皮鞋回來。穿着開口的皮鞋上學，不被同學笑話嗎！」姐姐放學回來，燕姨不免訓導她一番，讓她肩負起照顧弟弟的責任。結果姐姐發火，門一摔，就把燕姨留在走廊外。

「一個月我都沒理她，直到六月停電那天……」

晚間七點十二分的圍城，空氣異常悶熱，全城大停電，突然陷入漆黑一團，手機訊號極不穩定。這時，燕姨走到樓下，忽然收到姐姐來電。

「燕姨，我把弟弟弄丟了……怎麼辦呀燕姨，我找不到我的弟弟……我只剩下他了，我不能失去……」女孩手握電話放聲大哭，一滴滴淚流進了燕姨的心坎。

後來，燕姨致電多次才接通另一位鄰居，請她敲門確認弟弟是否在屋內。確認後，再打給家姐，告訴她弟弟平安。

「為什麼堅持養那麼多動物呢？」我忍不住問。

「我想，他們經歷了那樣多，被生命包圍的感覺，可能比較安心吧。」燕姨說。

四

我時常幻想，那扇二十乘二十公分充滿污漬的咖啡色假窗一定與包租婆的臉非常相像：油膩、臃腫、多餘。假窗根本無法開啟，但租屋廣告會寫「套房帶窗」，純熟伎倆將租客一一騙進來，雙層上下格生鏽的鐵床旁邊隔着一堵不封頂的牆，然後是馬桶。在這種狹小空間，人只能坐在馬桶蓋上洗澡。小小一間「套房」也配備洗手盆和爐頭，它們大剌剌地落在廁所前方，大門側旁。排泄或煮食，腳一跨過去就是了。

空間規劃與利用達至百分之百的飽和。姨媽睡在下鋪，上鋪用來堆疊衣服和行李箱。全屋最貴重之物全藏在床底下藍罐曲奇餅盒中，連同存摺簿、現金大鈔：「阿妹你看，我都藏在了這裏，噓……」姨媽指指隔壁，壓低了聲線。

很難想像劏房的隔音有多好。更不用説輕薄大門只配一把簡單小鎖，彷彿只是鎖給自己看。走廊盡頭住着一家四口，一對夫妻和兩位女兒，空間較大。小女兒琪琪五歲大，大女兒美美十三歲，白天房子由長輩看管。屋內堆滿了活動的身體與死寂的破銅爛鐵，冰箱和上下鋪床就是一個家庭的全部家具，其餘都是從垃圾站撿回來的廢物。有時小女兒無聊時鑽到床底下用小手板抓了一個漏網之魚，坐在灰塵滿佈的骯髒地板把玩，她的奶奶也不理她，坐在淺藍色膠凳盯着會發聲的電視機盒子，過日子嘛。

姨媽搬家那天，小琪琪「咯吱咯吱」撐着小腳丫身體撞到姨媽門前，問：「阿姨，你的家，好像變樣了？」琪琪這小孩特別黏人，姨媽總說，琪琪每晚吃飽飯就要來找她，和她坐在床上看電視。

「電視，她看得懂嗎？」我問。

「當然看不懂呀，可是小女孩聰明得很，知道我有餅乾，每天來就跟我說：阿姨我要吃餅乾。我讓她回家，她說：我不要，爸爸大聲，媽媽吵。我和阿姨在一起。」

琪琪發現姨媽要離開的時候，沒有說再見就哭到撕心裂肺，彷彿哪件心愛的玩具被搶走。那張她坐着吃餅乾的床沒了，陪她看電視的阿姨也離開了……小琪琪被媽媽一手拉回屋裏，砰的一聲關起門來。姨媽沒有多說什麼，鄰居的距離她心裏有數。她把最後一個紅白藍膠袋搬到電梯口，回頭，再把門虛掩。

琪琪的哭聲迴盪在走廊盡頭，很快又消散了。

五

終於，申請單人公屋獲批，姨媽順利搬進圍城，成為我的鄰居。距離近，生活忙碌，我們卻更少見面。

時間的皺紋在姨媽身上不太明顯。中短長度的烏黑髮絲，曬得焦糖色的膚質，笑起來時露出一排縫隙微黑不太整齊的牙，五十多歲身體仍非常強壯。每次和媽的臉拼在一起看，從體形、外貌到性格、處事方式，兩人完全不符合親生姊妹的基因。

比媽大五歲，姨媽身體壯碩鮮少病痛，除了去年赫然發現血壓偏高之外，在中年常見疾病的名單上她幾乎與之絲毫無關。去年媽五十五歲，動了一個切除腎臟大手術，藥罐子如她每天必須定時服用降糖尿、降血壓、降血脂等各種顏色藥物，後來不得不退休，回大陸休養。姨媽不同，五十八歲能吃能睡能喝力氣十足，從來不曾感染失眠。

「你姨媽那是福氣，沒什麼病痛，不像我。」有時說起姨媽，媽都會在言語間投射出一點點欽羨的目光，沒有養兒持家煩惱，把自己的日子打掃好便行。在我眼中，姨媽還「沒」了一點東西，那就是婚姻這顆定時炸彈，為此，她得以輕鬆自由。

姨媽從事勞動工作，日間工作夥伴多是男性，講話粗聲粗氣甚至夾雜不少粗言穢語。那種語言質感很粗糙又很真實，對話間橫飛多少小刀片。一個人的生成有環境、教育等因素，姨媽長年將自己浸泡粗糙的生活表層中，語言從來不是精細之物。媽在醫院工作，日常面對的是醫生、護士與病人，吞吐出來是較溫熱的語言。文明與粗獷不以此為對立，姨媽漂浮在同溫層之中，語言與唾液交換噴灑，聲量始終是驚人的。與小時候照顧我的溫柔印象變得很不一樣。

搬進圍城後，綑綁她的不再是年年暴漲的房租而是制度。公屋規矩較多，包括填表、見房屋署主任、電費報表……要是屋子哪些零件壞了，先打電話到物業管理公司，申請維修，輪候幾天等維修人員來到。瑣事一件一件壓在姨媽肩膀，沒想到連認路也成為年紀的負擔。

去年某天，我們仨吃過晚飯，從銀座商場步出。

「你往右自己走回去吧，我們往左邊散步回家。」媽說。

「這裏是哪裏？哪一個輕鐵站？」姨媽慌張地問。

「呃……這旁邊就是銀座站。你繞過天水圍公園，往前直走就是了。」我嘗試解釋。

「你搬來半年了，天水圍有多大呀？」媽說。

「認不到路就是認不到！不然我搭輕鐵回去。」姨媽賭氣地說。

「但你要試着認路呀，又不是七老八十。」媽說。

「算了，我還是跟你們走回家，多走幾步路吧，到你們樓下，我就認得回去的路了。」姨媽聲音變小。

媽的那一句「又不是七老八十」令我一時恍惚。小時候我印象中那位精明能幹、把小孩生活照顧得妥妥貼貼的女性，歲月彷彿奪走了她的什麼。六歲之後，流離浪蕩我輾轉回到媽的身邊，自此便從姨媽生命中缺席了一大片。這些年，她到底是怎麼過的？

那晚月色迷濛，我們仨的影子在圍城夜愈來愈長。望着姨媽臃腫的背影，不知怎的突然想起自行車落鏈的畫面，卡不進齒輪的鏈條長長垂地，不得已地，緩慢地向前拖行。

S

S，到了如今每次提筆欲寫些什麼的時候，好像已經晚了。我總是有一股遲到的感覺（也許我也是一名遲到者？），內心低沉回音響起，夾雜着各種碎語。它不在於激烈地控訴什麼，反而像浪潮一樣，翻來覆去地拍打着細軟的沙。坐在沙灘的那些晨曦，感覺到自己的心這樣粗糙不平，有疙瘩有印痕有皺褶也有無數個夜裏我們爭執而生的尖刺。只是，這些生活旋律就像半夜我躺在沙發聽的民謠，黑暗中餘音裊裊。

你睡了，我半年來幾乎沒寫一字。現在，有時我會後悔自己寫下的字，有時又後悔自己沒寫更多。往事如煙，一不記下年年月月就隨翻天覆地的巨變中溜走了。說是翻天覆地也不過於個體而言，社會上有着平靜生活的大多數。他們生活，運動，炒股，買房，安居，彷彿香港誠如廣告所言——仍是一座擁有光景無限的國際大都會。只是城內的人眼見它逐日降沉，路面下陷，石屎墜地，地面爆出一個大窟窿冷不防將人魂吸進去，偶爾哪裏闖出一隻野豬也可以用廣大的理由將牠殺死。因此鯨魚死了我一點也不意外，牠死在這座充滿獵奇目光、私自成癮、縱慾過度的海港城市，腐爛氣息甚至滲透了人的心骨。S，我們活着就好像這世間的奇異物種，沒有協議卻順着主流逆着方向走，沒有吶喊沒有姿態沒有分享更沒有呼叫。我們不佔據什麼也不屬於任何團體。就這樣，靜默無聲地看着泥土長出一朵腐爛變色的花。

城市五光十色，遊客在購物大道揮金如土。走在其中，不知該為經濟恢復還是為人的離散而高興。

〈在街上跳最後一場離別舞〉（《離》）的一句：「所以像你這種人，目睹這城的變臉，不會活得開心。美麗都在上世紀。」一把匕首刺中紅心。

駱克道酒吧街的男男女女仍在買醉。我路過，看見外籍男士高大身材，身邊一縷嬌小黝黑的菲律賓籍或印尼籍女伴如青煙，他們從窄小酒吧蔓延至門外走道，大聲乾杯起哄，夜色流動在馬路與霓虹招牌之間，旁邊汽車事不關己地駛過。灣仔再也沒有了水兵上岸，街上鬼佬愈來愈少，駱克道與謝斐道的霓虹招牌拆剩幾個。書展結束的那天，我和同事走上五樓露天吧枱 Trafalgar，一行六人在木桌邊對座，整晚不知在那裏抽了多少根煙。

燃燒，繼續燃燒。只是燒不盡黑夜裏的迷茫。我曾經在這裏跟不同的人抽煙，後來他們都一一離開了，為着各自的目標。重返此地又想起些什麼，那時我們懷着各自的夢想與糜爛，周旋在一段感情與一段感情之間的縫隙。以為是天大地大的事，回頭看不過是芝麻綠豆。哐噹一聲，那時已碰碎了夢和青春。

S，只有我還在這裏。儘管我想過移居到不同城市，幾年過去，依然沒有離開自己的蝸居。（你也聽我反覆訴説，要離開的故事吧？）以為自己走着走着卻繞在原地，地板裂紋叢生，灰白水泥明明堅硬無比，日曬之下，縫隙甚至長出了一小撮青綠的草。頑強生命，一如年輕。後來疾病逐漸侵蝕了我們的肉和骨，令健康日漸萎縮成一團小小的麵粉。一晚刷牙期間，我不小心瞥見你頭上生出幾根白絲，彷彿它們也長在我的頭殼上。後來沒走，其中一個原因很可能是因為你。

歲月。微塵。時間。記憶。每個睜眼的清晨明知道日子一如既往地駛前，閉上眼，我卻感覺到一路倒退的風景。

當我遇到更年輕的L和Q時，忽然感覺到自己額間紋一路從眼底蔓延至心。歲月並非不着痕跡。是不經意間的歲月滋長嗎？我開始擔心自己聽不懂他們的語言，因此後退了一步。長髮飄逸的男子不是沒有遇過，只是，那種每晚流連在不同酒吧乾下一杯再一杯時，沒有節制沒有負擔少許憂愁一把淚醒來依然不知天高地厚。從他們身上我看見大學時期的自己。（反正年輕永遠不是罪名。）這世上年輕的人好多，這裏一堆那裏一疊，笑起來洋洋灑灑沒有眼袋或皺紋。女子柔順髮絲垂在眉間，一席碎花傘裙踏遍所有花開的季節。工作以後，我恍如背着一身堅硬外殼的蝸牛，夜間翻來覆去想起那些令人困擾的合作項目，討厭的人與嘴臉，有些竟是文化中人。我開始懷疑自己所信，何者為真。暗夜無從抵抗便滑至天亮，一宿又過去了。

S，太年輕的時候我們很少想到病。到了這些年，恍然大悟原來疾病纏身是難以言說的一件大事。身體是自己的，柔軟的心也是，彼此雙雙裂開血液流成湖泊成為一道江河。跌倒之後，寸步難行忽然不再是一個形容詞，變為身體實感與生命質感。明白困難，理解與承受它，一週是，二十四乘以七。在你身上我看見時間與疾病纏綿的重量。

如今我會乖乖定時去扎針拔罐，偶爾開藥調理身體。中醫師在背脊按壓量度位置時，我想像自己很快就會逃離那間診所。外面一大片陽光滿溢天地，以及你的身影，也許在某一個地方等我。在所有巨變與苦痛之間，那麼一刻，我感覺到自己也擁有微小的幸運。

無聲病嬰

從影片上看，她一身灰格子病人服，全身插滿喉管，眼神呆滯投向天花板，一動也不動。

她躺在病床上，瘦小如嬰。

臉色微紅（非健康紅潤），面部鼓脹如圓球，眼睛被臉肉擠到剩下一小顆黑珍珠，輕微濕潤、泛光，這原是一雙天生靈動的眼睛。嘴形如被挖空的富士山形狀，中間透出一個洞。薄唇兩片無法正常開合，所以塵埃與風，會一直從外面鑽進去。

頭殼被幾道深色疤痕覆蓋着，曾以金屬針線縫合成為齒狀，從左耳縫至右耳，從頭頂縫至腦勺後，被手術縫合之際她只有五歲大。（五歲的你在哪裏跳動和玩耍？）三歲被確診患癌後，歷經各種變幻，自此她的生命篇章刷刷地被嚴重改寫。

是罕見癌病，而罕見中的罕見，這種癌病多發在男孩身上。她不是男孩，卻罹患惡性橫紋肌肉瘤。完成化療一個月，突然再度流血證實復發。醫生提議轉向紓緩治療，年輕父親遠赴深圳大學，取回標靶藥，希望減慢癌細胞的生長及擴散。大半年病嬰以服食標靶藥為主要治療手段，腫瘤終於縮小至可動手術的範圍。這是幸或不幸？小小身軀被推進手術室前一晚，爸爸跟她用手機前鏡錄了一段小影片（事後成為父女間這輩子最後一次的流暢對話）：

「妹妹，明天要動手術，知道嗎？」

（她乖巧點頭。）

「告訴爸爸手術後最想做什麼？」

（她說餵魚吃東西。）

「餵魚吃東西？做完手術最想餵魚吃東西？」

（她說對呀。）

「傻豬豬。那麼簡單，還有其他嗎？」

（她説想去動物園，要餵長頸鹿吃東西。）

「那你答應爸爸，動手術後快點康復，勇敢些！」

（爸爸吻了她右臉頰一口，她瞇起眼睛甜甜地笑，對着鏡頭用小手把吻痕擦掉。）

就那麼約定好囉——最後不是她不乖，是大人不乖。

忽然，手術期間遇到突發狀況，需要即時輸血。手術室小型血庫存放着特別血。（她不需要特別血。只是系統資料沒更新。）當時不存在合適的血給她輸。於是病嬰躺着，在手術床冰涼地無知覺等候。四十八分鐘過去。期間：心跳呼吸停止，靜脈注射五百毫升成人份量的葡萄糖電解質及蛋白，體內盛載過多水分而導致血量更加稀釋。液體流到腹腔內壓着血管影響血液回流心臟。腹腔異常膨脹。不得不動剖腹手術。五十二分鐘後恢復心跳。

在這永恆凝固被鎖上的五十二分鐘裏，改寫了許多事情。包括病嬰與她家庭的一生。本來懂得自主説話、跳動、眨眼、親吻爸爸臉頰的可愛小女孩，醒來後變成嘴巴微張、眼神空洞、四肢腫脹的呆滯兒童，成為真正的MIP（精神上無行為能力人士）。她的父母自此天天輪流奔向醫院：滴眼藥水、餵吃藥、換尿片、餵奶，另外兼照顧家裏的另一位SEN小孩。

所以是哪裏出了錯嗎？

14：53。病嬰父親認為這是一個關鍵的時間點。兩份不太相同的手術紀錄（一份是五月二十一日手術當天，另一份是五月二十九日經修改過的版本）攤在鏡頭前，他想在病嬰死前討回一個公道。在14：53這個時間點，記錄原本清晰註明病嬰曾經歷五百毫升靜脈注射，後來這條完整地消失在最新的手術報告之中。彷彿從來都沒有發生。這個謎，盤踞在病嬰父親心頭，如蛇般糾纏。

植物人的概念，患自閉症及語言發展障礙的她的哥哥腦海不存有。於是他重複問重複問也沒有問到答案，甚至不會等到妹妹活着回家的一天。

病嬰幼小、嫩滑的皮膚佈滿了細針。為了改善水腫，增加眼睛閉合度，中醫師決定在不會眨眼的眼皮及身體水腫的穴位扎針，數不清的三十根銀色細針扎下去時，她不會哭鬧也不會掙扎，只是盯着。她是一個如此安靜的病嬰，醫生評估的級別是屬於嚴重智障。如果不是天生，這彷彿成為病嬰這輩子遇見最殘酷的代名詞。

「有時我希望她沒有意識，對周圍的環境都沒有感覺，否則一個充滿生命的靈魂，被困在一副無法動彈的身軀裏，每天只可以對着天花板發呆，那是一件很慘很慘的事。」病嬰父親如是說。

繼續以儀器維持生命成為最積極的治療。病嬰父母別無他法。在沒有找到答案之前，早已雙雙陷在抑鬱症的沼澤中。更甚者，病嬰父親在二〇二三年發現自己罹患惡性肌肉腫瘤，癌細胞從手臂擴散至肺葉。

（如果我們必然不能再拯救一條生命，為什麼還要令這個家庭繼續失去？看新聞的時候我在想。）

我想起了醫院不同病房的氣味。在走廊、電梯、病房門外看見每一個指示牌都會心驚的瞬間。加護病房病床後方量度生命跡象的儀器（或顯示病人是否屬於high fall risk的一類）。從各種儀器檢查室或手術室或深切治療部或加護病房被推出來的瞬間。與病患一起等着醫生巡房發落宣判結果。在診室內拿着病理報告聽取醫生解釋時手與心的抖動。每時每刻每分每秒都是生命的累積，記憶的疊加。病嬰父親從見證者到親歷者，以被選擇的方式真正「陪她一段」，如今病嬰心臟開始衰竭，生命被宣告進入倒數，這時，父親大手覆蓋着病嬰小手。

半夜闔上電腦，閉眼開始禱告。臨睡前捎了一則訊息過去，給素未謀面的病嬰父親，連同一點微薄心意。

二〇二三是一個大惡之年，終於要過去。

從書中讀過的從生活體會過的從知識理解過的都不會不明白：醫院永遠是一處令人懸心的地方，在那裏，心沒有降落的地點。

然而有些人如病嬰天瑜，大概不會等到，站在醫院門口，再次感受和煦暖陽覆蓋在皮膚的那一天。

（二〇二四年三月十日，天氣清涼，天瑜蒼白而冰冷的小手，被父母緊握在掌中。）

輯四

無傷時代

離別島

一

在分針與秒針追逐間，風暴集結在東北偏北。影子降沉在滔滔海浪，在海底間完成無人知曉的躍動、翻滾與轉身。島上殘留的陰影碎片，仍散落在記憶的縫隙裏，鋪了一層灰，但不至於消隱。

二

那是唯一一次，我和Y參加一場在地旅行。他對離島非常感興趣，北方三島是他一直想去的地方。「不如我們一起去旅行吧。」他說。送出這句邀請時，很快我就答應了。

等待旅行的日子曾經歷日期改動，因他有事忙。為此我們還吵過一場架，那場盛大悶熱的盛夏彷彿要提早抵達。

六月那天氣溫高達三十度。早上七點三十分所有團友在八尺門安檢所集合，肥頭大耳的領隊事先將團友資料交予安檢所仔細核對，取得登島准許的證明文件，出發前警察進行正式點名，一艘純白觀光船緩緩駛來，團友們往身上套牢熒光橙救生衣後，一位接一位登船。沿途風光明媚，放眼望去盡是一片片接近透明的藍，領隊偶爾輕輕揑着他的小麥克風，對團友介紹基隆外海的小離島歷史，他的聲音，又成為海中央一場最寧靜的干擾。

彷彿重塑大航海時代，雪白船隻帶我們深入北方之疆探險不為人知的隱秘。北方三島的第一站是花瓶嶼，船隻繞島一圈後，船夫關掉引擎，讓白船靜靜地躺在花瓶嶼旁邊讓團友欣賞。幾位上了年紀的婦女極其興奮，不斷擺姿弄態在鏡頭前展露自己，花瓶嶼成為她們最天然的背景。事實上，花瓶嶼遠看一點都不像花瓶，反而像一個尖尖的佛塔牌。只是視線貼近後，那斷崖峭壁原來蔓延了海芙蓉的生長，而火山碎屑氧化後開出片片血紅蓮，結實地印在花瓶嶼的身軀上。

因島形關係，眼前的花瓶嶼無法登島。北方三島的重點行程落在彭佳嶼，距離基隆港約五十六公里的地方。不知不覺雪白小船已航行了幾個小時，我記得那天登島時間是一點，身形矮小皮膚黝黑的領隊隔着他漸變式的太陽眼鏡望向手錶，跟團友確認集合時間：「我們在島上停留大約兩小時，大家可以到處晃晃拍照。下午三點在同一地方集合。」話音剛落，團友已迫不及待四散追逐自己心中的風景。我和Y慢慢離開碼頭，走向山頂尋燈塔蹤跡。如果沒記錯，台灣共有七十二座燈塔，Y一直很希望走遍全台燈塔。作為一個軍事管轄區，目前在彭佳嶼駐紮只有三種人，一是守燈塔的人，一是氣象塔作業員，以及海巡人員，若非特殊申請，目前很難有機會登島爬行。當天是非常清爽的六月夏季，只是沒想到一個多小時過去後，領隊在海巡署基地門外，緊急召集所有團友。

三

登陸北方三島前，還走過一趟社寮島。

那天搭上海洋藍色調的一〇一號公車，一路穿越基隆東岸的風景。車子逐漸靠近社寮橋時，橋身拱肋確像一彎腰女子的腰身，公車在其輕盈的腰間緩緩磨擦而過，猶如一場溫柔愛撫。也不知公車司機有意或無意，橋上風景確實緩慢地從眼前掠過。我認得橋頭這邊是阿根納造船廠遺址，卻不太認得橋尾另一端陌生的孤島。

很久以前，聽Y提起這些地方，但腳下走過的才算是風景。社寮橋橋長一百八十五公尺，底下全無橋墩支撐，連起海洋大學與孤立的社寮島，每次從九份山城向下俯瞰，這座跨海大橋成為了我記認基隆的標記。總是要透過外形獨特的建築來辨識方向，流動的雲和風似乎無法支取記憶。另一邊廂，與社寮橋日夜對視的和平橋，更早建於昭和九年，橋底下八座橋墩見證不少炮火歲月天。

我只是為了親眼看看，便來到，這座假日人滿為患的和平島公園。有時我們對地方的想像來自於綿密殘留情感的海洋，從碎片支取記憶，投射到遠方。公車抵達後，腳步沿着一條蜿蜒小路前行，途中經過一些陳舊的、破落的民居，有一位阿伯坐在門前的藤椅，輕輕晃動撥扇乘涼，屋內的阿嬤不時探出頭來，望了一眼街道，又繼續整理手邊的家務。只道是尋常，百家風景的圖畫裏，破洞變形的白背心歪着臉，曬在門前空地的竹竿子上。

每件衣衫都有其故事，正如每張臉都寫着自己的故事。

Tuman，十七世紀前已存在。社寮是其譯名，更接近原始的粗獷與真實。島嶼曾是原住民平埔族巴賽人的聚居地，後來經過時光推移，外來移民與原住民融合生活，改稱作「和平島」已是一九四七年的事。島上歲月悠悠，面積不過只有零點六六平方公里，如此迷你的人口結構，在基隆港東南方。

在和平島地底，其實還躺着一座「聖薩爾瓦多城（Fort San Salvador）」。那麼傳統又精緻的名字，它詮釋着一段西班牙人殖民雞籠的歷史，這裏也曾有堡壘有諸聖修道院有黑衣修士有貿易商人有航海時代的輝煌。在我回港一年後，時間從歷史缺口中折射出一道奇麗的光，令和平島的身影再次暴露在鎂光燈下。修道院遺址經挖掘後，翻出十五具墓葬，於修道院地底沉睡了幾百年的遺骸忽然醒來，其中一具骸骨張開嘴巴，以赤裸之姿雙手交疊置於胸口，一如靜默祈禱姿勢。（時代之語：我們要挖出更深沉的歷史——）殖民國家遺留下一副高達一百八十公分的歐洲人骸骨，因此在大航海時代，西班牙、荷蘭、清朝、日治時期的痕跡，斷裂與碎片赫然從地底浮出水面，幾乎撼動了整座福爾摩沙島。（這時，歷史的亡魂也同在嗎？）

文物遺址也挖出了社寮島發展的縮影與盛衰。後來考古學家帶走了人骨、歐式扣環甚至是牙結石，每一絲微小線索都有助細細推敲人類過去的生活與文化痕跡，如果夠幸運的話，微物之光足以撼動發展商在空中擎起的利劍。只是，基隆已經不是往日的雞籠。

那年拋擲在基隆的最後一段時光，印在和平島上的腳丫是幽幽的。猶記得日光充沛洋洋灑灑地鋪在我波浪藍的寬褲上，這條碎花寬褲伴我走過池上、嘉義和台南，後來折返基隆。那天獨自一人在和平島公園轉了一圈，像自我完成了一種拒絕想像的儀式。由步道、涼亭、沙灘、水池、營地與遊客中心組成的主題式公園，映入眼簾這種一條龍式的觀光/消費行為，新建工程始終誘惑不了我的視線。唯一駐足停在涼亭邊倚欄眺望，還是那麼多年來灰藍灰藍的海。大風大浪滾在眼前，捲起腦勺後一把長髮，我終於認清了傳說中的和平島模樣。大漠無疆，大海無垠，雪白浪花熱烈拍打着岸邊礁石，散去後又恢復幾秒的寂靜。

四

要來的終於來了。

「各位團友，我們出現了一點緊急狀況，請大家耐心聽海巡署人員解說。」領隊額角滲汗，滿臉爬了焦慮的波紋。

「我們聽領隊說，你們原訂三點登船離島，但我這裏有一個壞消息。根據最新預測，目前彭佳嶼受到西南風影響，海面已颳起湧浪，船隻無法靠近你們登島的碼頭。所以即便現在沿原路下山，也無法登船。」海巡人員站在人群中間，語氣聽起來十分斬釘截鐵。

「那我們怎麼離開？」聒噪的議論聲四面八方響起，徘徊在島的上空。

「大家聽我說，我們與領隊商量過，你們以考察名義登島，當天往返，照理是不能留島。但因海面湧浪大，吹來的這陣西南風至少要三天後才離開，我們目前提供兩個建議，但決定權在你們手上。」聽下去已經很不妙。

此時，領隊眉頭皺得彷彿再也鬆不開。

「一，全體團友留島三天，我們盡量把自己的衣物提供你們更換。男女分睡，但環境一定擁擠，目前還在考慮睡覺問題。但在島上不能自由走動。二，在天黑之前，你們走另一條非常窄的小路下山，在島的另一面登船。但這條小路一旁是懸崖，路斜，幾年前曾發生意外，死過人，風險，你們自己拿捏。島上安全我們一概不負責。」

「補充一句：如果走小路，海巡人員不會領路，始終路況危險。」

這時，領隊一臉灰黑垂下了頭，額角滲出大滴大滴的汗珠，抹汗的頻率愈來愈高，手輕微發抖。

「各位，我們真的沒有辦法。要不我們就安全留島三天？畢竟這條懸崖小路我也沒走過啊……」領隊戰戰兢兢地說。

「什麼？你是領隊，卻沒來考察過？」謾罵聲四起。

「每次登島我都是沿着同一路線登島和離開……」

「那你說說，我們應該怎麼辦？」

「我也不知道。」

「什麼叫你不知道？」

「各位，如果時間再拉長，第二選項就不再存在。現在風浪愈來愈靠近，陡峭山路至少走半小時，如果超過四時，下了山，也離開不了。」

海巡人員由衷地發出一次「善意提醒」。

看了看手錶，在大家躊躇、徘徊猶豫間時間滑到了下午三點半。原來登島一刻，某些東西黏上了你的生命。由不得你或我，從來都是同船一命。

沒想過一座島可以這麼吵鬧。徘徊的徘徊，謾罵的謾罵，抱怨的抱怨，恐慌的恐慌……各種不安、恐懼與個人盤算在腳底與草地之間反覆搓揉，一股燥熱從草地散發，也滲入每滴透明汗珠裏。想起「荒島求生」永遠是電影和電視劇迷戀的題材，如今熒幕架在眼前，快真實上映。

我很明確地知道，自己並不想留在島上。只是部分團友似乎沒準備好，也不願認清，現實的由來。

後來我索性拋出一句：「不如我們投票決定，少數服從多數。」領隊想了想，沒有接話。我感覺到他不太願意承擔風險。

「我腳痛，不能走。」一位上了年紀的婦女說。

「那找人扶你。」我說。

「我不要攙扶，我怕走小路會摔死。」

「那你自己留在島上？」我再問。

「這樣不行，因為你們當初的登島許可證，列明團進團出。要走全部一起走，要留全部一起留。你們自己決定。」再一次，海巡人員斬釘截鐵地嚴正告知。

有人埋怨，她說不要拿自己的生命來這裏冒險。我總覺得，他們的恐懼都不是真的，只是對於安穩狀態的依賴。年紀大是理由麼？從登船一刻，你便開始身處危險中。

後來幾位中年男性走向領隊和海巡人員，商量一會兒，領隊終於把自己從一場恐慌中拉了回來。

「好了，不如我們來投票！僵持不下，時間就流走了。走還是留，由投票決定。少數服從多數。」

「如果離開，領隊要在我們海巡人員錄影之下，代替全體團友進行宣誓。」

（靠。還來真的。）

「好！如果大家決定走，我就宣誓！」

領隊說這句話時，聲量奇大，音調甚至流露出一股悲壯。

結果決定要離開的人佔三分之二，全體不得不走。

五

領隊宣誓的畫面至今我仍然記得。攝像頭一直錄影着他和我們，大部分還是特寫他的臉。他重複海巡人員唸出的一字一句，仔細聽，每粒字符都在不停地抖動，此刻他的心臟也在地震中央麼？島上風景瞬間變得如此悲壯，頹唐，事後回想，如果有源頭可追尋，裂縫從何而生？

宣誓完畢，儀式結束，全體即將動身。幾位中年男性分別夾在團隊之間，在陡峭或鋪滿碎石難行的彎處，攙扶較為體弱之人。有些路段腳掌磨擦地面時碎石順勢滾落，但落石無聲，一如海巡人員描述窄路的危險：左邊確實是深不見底的斷崖殘壁，毫無疑問，一跌，人就沒了。路非常窄，只能容納一人身軀，也陡峭異常。期間我不小心滑了一滑腳，又看了看後方。身處前方的Y大聲喊我名字，提醒我專注走路，別東張西望。

在分針與秒針追逐間，天色一層一層暗下去，日光沉落，風暴愈來愈接近。

終於，腳觸及碼頭一塊灰白相間的大礁石，我坐於其上，感覺很沉很穩。見遠方有船緩緩靠近，指給團友們看，他們的眉頭才逐漸鬆開。回程船隻在浪大的夜裏拋起又抖落，我站在船尾看着夜裏湧動的浪尖，以為走過了生死，也即是走向堅固。

時間才擁有答案。後來，還是奔向一片虛無。

廢墟碎片

一

碎片之所以成為碎片，是因為無人撿拾。它被遺落在四周、背後，比腦勺與靈魂還遠的他方，零散、殘缺不全，難以拼湊，亦無所謂完整。

你從恆常生活撕開一道缺口，探頭進去，檢視，才意識到，滿地落葉的一片孤寂，只有風吹過的聲音。無人探尋、過問，甚至關心，如廢墟般的空間結構根本不佔據任何記憶體，無人記得，它們曾經存在。

偏偏幾年前一片廢墟記憶植入大腦後，長久不散。

大二那年，你隨着學長姐參加師大人文電影節的延伸活動，來到樂生療養院。此前未曾聽聞任何事蹟，但就僅僅在那一天之後，你忽然間明白生命的質地與形狀，以你前所未見的姿勢，張牙舞爪地生長，甚至變形、扭曲。樂生樂生，樂其所生，愛其所生，命名的寓意以歲月證明——剛好相反。他們背負痲瘋病人的原罪，一輩子被囚禁在那座小山丘，不得釋放。

是台灣歷史出現了錯誤嗎？三十年代日本人選址新莊區建立首座痲瘋病院，當時社會對此疾病及其治療的認知，非常有限。抓一個，關一個，進行強行隔離治療，鐵絲網圍起了所有希望。直至六十年代，住院患者數量高達九百九十七人，一半軍人，一半民患，本省與外省雙雙在閉合空間相遇，社會給他們貼上的統一標籤：具備高度傳染性，此後在這座遺世獨立的山丘上綁住一生。根據文獻回顧，政府實施嚴格管控治療及管理，並在此展開人體實驗性治療——挑選病患，注射 DDS 藥物進身體，約半數病患出現嚴重副作用如發熱、併發神經痛、運動痲痺，甚至手指嚴重變形等情況。

如今留在那裏的治療室、消毒室、重病院、太平間以廢棄狀態逗留在王字形建築群之內，會走訪的是參觀者、獵奇者，而不是院民。院民無事不會踏足這些非瘋即死的歷史記憶。導覽者指着橫梁説：以前有些院民最後忍受不了，會在這裏上吊自殺。留在這裏的塵埃太重，歷史太輕。局外人根本無法承擔時代與政權政策留下的記憶與創傷，我們目睹，聆聽，但城市發展的鏟土機正虎視眈眈着樂生療養院舊址——已經拆毀了好些樓房、大門，如果不是院民抗議，政府與發展商還期待更多。

有些人十幾歲被抓進來，有些人則是成年之後。無論幾歲，社會對疾病的封閉與歧視，扎根式的流傳到痲瘋病人現在仍然會傳染他人。當年與院民的對話我早已忘記，但他們手指嚴重彎曲，關節向內摺疊，這種永遠都不會好起來的一次變形，以及以代步車作為移動輪椅，圓拱窗槅透着外間一道白光映照在他們年邁的臉上，影像揮之不去。有些院民說話會笑，有些則不，他們的臉上，寫着自己的悲喜人生。

這些年來樂生經歷幾回抗爭，院民抗議拆遷計劃，渴望保留晚年的生活家園。從一九九四年至今，歷經多次抗議運動後，才得以保留院內四十九棟建築。（為什麼不是五十棟？）從此你忘不了那一片山丘所望見的景色、像人間卻更像異時空的荒蕪，有血有肉的殘障活人在移動、生活，他們願意開口分享，只是那時你還小，戰戰兢兢聽着一半懂一半不懂的語言（有些是台語）。那是怎麼一回事？不要說樂生療養院的歷史，就連台灣歷史你都不大懂得，卻被參訪腳印牢牢如鐵絲般盤纏在心，那麼多年後，你開始從網上翻查資料，才恍然明白，等到他們全部都死了，樂生療養院就步入時代的終結點，從此人們會熱衷於探索廢墟，而不存在活的歷史。

一段關於院民盼望重返家園的受訪影片，底下有一則留言：「小時候住丹鳳，會坐九十九號公車到迴龍找同學。我對這療養院印象深刻，覺得生病的人好享受！住在深宮庭院裏啊！」

二

你活着並且有一個安穩的居所，在一座豐饒之城。每天打開新聞接收過濾性的外間消息，知道烏克蘭與俄羅斯、以色列與巴勒斯坦之間，炮彈沒日沒夜地繼續發射、摧毀，一把一把灰土蒙在死人與生者的臉。另一邊廂，海域之間的戰爭又蠢蠢欲動。

戰場上沒有溫度，每日每夜都比冬季更殘酷，絞碎每一顆心。

你想這真的是一個糟糕透頂的世界，只剩下人類深重罪孽未清。從前珍視記憶的方式，會以極幼嫩的墨水筆觸在筆記本上嘗試繪畫、憧憬未來，寫信給十年後、二十年後的自己，把遙飛的風箏放至更遠。如今不免覺得虛幻，碎片會隨這世界（或四季不分的地球）一起焚毀。你開始瀏覽更多破敗之景，用顛倒方式理解眾生。窗前那盆富貴竹，葉片從尖端開始發黃、乾枯、腐爛，彷彿是生之必然。

枯萎逐漸成為生活的剩餘之物。

不是沒有試過坐下，靜心冥想。是在泰順街一百八十七號頂樓，一望無際的台北城，長時間呆坐在欄杆冥想，點燃一根煙。萬家風景由高低不平的醜陋鐵皮砌成，你這邊的頂樓較高，尋常風景在眼底盡情收納。有時候天很藍，一朵朵軟綿綿的白雲在飄。夜色朦朧之際，抓一瓶紅酒雙腿晃着晃着，時間就晃到了凌晨兩三點。四周無聲，無人，尋常巷弄，連水龍頭的水聲都調成了靜音。

只有你一人，如同此刻。

三

人們不懂得珍惜環境、資源，甚至健康。自從你脊椎變形後，他們提醒你，要保持健康，姿勢端正。可是，到底什麼才是真正的健康？如果，患病是一種疊加另一種，此消彼長時，我們所以為的健康，是否適用於任何地方？

「椰菜濕熱，不要吃。」

「你要多喝金銀花涼茶，袪濕。」

「一定要早睡，不能太晚。」

「煎炸熱氣，你少吃點啊。」

「少喝茶，會削胃。」

打開瀏覽器有千百種養生之道，護理師營養師中醫師運動教練各種自己的説法。於是我什麼都沒吃，什麼運動也不做，下班就去了散步。脱離上班族常態因此我遠離地鐵和巴士，只讓腳掌與街道在自由時間盡情黏合。淺棕色尖頭鞋前年從太安樓買回，當時只是路過。雜亂店鋪綑綁在一棟樓底，我路過一間靜悄悄的老鞋店，見老闆一人坐在櫃枱修鞋。我逐步靠近，一把聲音響起。「全鞋店的鞋子都是自己人手製作的，隨便慢慢看看，有喜歡的，我拿給你試試。」一聽見人手製作，心就軟了沒有轉身果斷離去。這雙鞋，後來也伴我走過一段路。

從北角走到銅鑼灣，有多遠？鞋子跟部開始磨蝕。快步掠過每一道風景，其實，路不算長。途徑：新光戲院的霓虹燈、春秧街、蘭心照相館（已消失）、皇都戲院（活化中）、油街（擴建中）、清風街、琉璃街、維多利亞公園……

沿途眼睛碰觸的風景記憶，聲音碎片在腦海久久迴盪。那時你知，謀殺一個人的利器可以是槍炮火箭，或者倖存者的慢性記憶。延宕多時的碎片，隱藏在不為人知的角落，等候時機來臨，重現。

鑲在路旁的石牆樹，或石梯，花燈公園。路上忽然佈滿多餘殘音，連自己體內發出的呢喃碎語，邊走邊在天空盤旋。

殘忍的何止這些。

那些一起走過的路啊，共同有過的家。哪裏有戰爭，哪裏就有妻離子散。

爾後，片片形狀不一、染了紅藍綠黃紫黑散落滿地的碎片，你耐心拾起，放進嘴裏，一口一口咀嚼，吞下去，成為你理解世界的味蕾記憶。

裂瓷

一、相信

他們說，你是一家之主。
你也相信你是一家之主。

二、在／不在

很久沒有正式填一份表格了。滿試用期後，人力資源部遞來一張密如針孔的表格：父母親職業、出生地、來港日期、婚姻狀態……格子頓時爬滿我的眼。視線一格一格往下移，我發現人力資源部將表格設定得過分規範，好像對一個人進行翻箱倒櫃的排查。成長史爬到家族史，經歷史爬到興趣史……我懷疑了解這些資料的作用。格子爬至親屬職業一欄，卡住了。母親：「退休人士」。另一欄，快速畫了幾道「／」。竟也蒙混過關。

我不知道。有些事情不清不楚模糊最好。

記性本不好，很勉強才能記住一個人的出生年月日。通往你，其中一把鑰匙來自母親。她對你的忠誠體現在多年未改的銀行密碼，連串符號承載、浮動在她內心，秘密數字摻和了歲月所積的塵埃，一片一片，灰黑灰黑，層層鋪疊在她心上不知幾厘米的厚度。

一切秘而不宣。有形恍若無形。

我找不到某些資料留存的意義。更確切說，我找不到從一份遞交給陌生人的表格裏，補充與你有關的資訊。生理距離或物理距離，你我相隔多少公里？很久了，相處細節已從時間裏漸漸 fade out，有如受傷皮膚痊癒後留下淡淡紅痕。你說，誰是誰的誰或不是誰的誰，對他人而言，分別何在？

生硬資料純粹補充了一個人的過去。但後來生長的故事呢？誰會在意？

三、游離

很早以前，心裏一個小方塊裝着你，方塊只刻着「廣府」二字。廣府即是你。但你的廣府，在我印象中也不過如一塊豆腐磚般大小，甚至白得發黃，霉點斑駁。

我們都不知道你的住址。只知道公司概略性的業務範圍。「我住宿舍，和員工住在一起。」很多年前你放下這句話，彷彿一輩子生效。二十年後答案如一艘觸礁的船，擱淺延宕至今。

我問你的妻，你相信麼？她搖了搖頭。我們踩着日子，讓許多年就這樣過去。

直至前幾年，她親口告訴我時，我並不訝異。你在廣府三枝香水道旁買了一套房子。環境簇新、地段良好，景觀臨江視野遼闊。陽台高處坐望美麗江景，兩房兩廳兩浴室兩陽台，「其中一間房間是你的。」母親在電話裏對我說。「哎，不過你爸在你的房間堆滿了大量茶餅、紅酒箱，說留着以後老了賣。」你們都經過時間的修飾和演練。當初在樓底指着上方，你告訴她那套房子正在出租，不方便上去參觀時，指頭不抖、心不慌嗎？

家裏無人知道你購置新公寓。只是你不經意嘴邊漏了風，她的心抖了抖，一時恍然。後來要求你帶她去看，中間經歷多少次在話筒裏隔空放火、燃燒，每一次都是奮不顧身的熱烈。

一年經過春夏秋冬，每一種季節都沒有你。你拖了很久很久，直到一天才願意打開一點縫隙，微光滲進，她終於踏進去。

（窺探即是佔有。）

我能夠記起，是次數不多與她同赴廣府見你，那段時期我還很小。你預訂不錯的四星級酒店，盛情迎接。炎炎盛夏，我們一起吃海鮮自助餐、搭船遊夜珠江，在可接受的時間範圍內，你盡情地給予。不過後來更多，由她獨自赴關口一腳踏上中旅社巴士，搖搖晃晃一趟車，只為到異地追隨你的身影。（一如信仰，我總覺得，她虔誠態度是天生的。）你開車在約定地方會合，先到酒店 check-in，再吃一頓晚飯。居住的暫時性，從她每次回來積存着不同品牌的牙刷、輕便裝沐浴乳可見，小小一支支立在浴室，我便窺見她小旅行的記憶。

她有時樂得像一個小孩在訴說關於你的故事。我只是聽，但是沒有太大感受。你口述的世界表層下沒有昏暗，更沒有謊言。讓她相信，並如同信仰般虔誠追隨。

後來發現，原來你是 Staycation 的先行者，不時帶着你的妻在城市夜間穿梭，check-in，check-out，兩天一夜，不多不少，早在疫情前率先啟動。這種 Staycation 竟然持續了十多年，後來新公寓曝光才停止。

直到你的妻搬進去住，在電話裏分享，新公寓平時出入以指紋辨識系統，密碼是隱形的。屋苑內有私人泳池、健身室、遊樂場，中空花園噴水池設計典雅。居民如你代步車子不是寶馬便是奧迪，設備規格需與身份相配，與你手上一隻我記不起來的名牌手錶十分合襯。光鮮亮麗的殿堂樓閣，築起那個從來沒到過的「我的房間」，目前正堆放陳年茶餅與紅酒，是你老了退休後的財產之一。

她好像將某些圖層輕易在腦中抹掉，又重新在我耳邊描述生活。一切聽起來如藤蔓般柔軟地生長。

四、恍惚

九十年代你到廣府一人打拼，從一人事業開拓至管理一間中型公司，建立自己的事業王國。千禧年後你買了人生第一台汽車，載我們出遊。那些年風很輕、雲很淡，我們活起來很像一個幸運快樂的家庭。

「嘿，老豆，看我帶了什麼給你？」

「零食嗎？」

「錯了。」

「衣服？」

「也不是。」

「猜不到，快開估啦。」

「是你的老婆啦，哈哈哈。」

你的妻笑了。這種打鬧節奏流動在我們仨之間，車子啟動後，你播放七八十年代CD，邊開車邊與她唱起劉德華的〈忘情水〉。每一顆音都走掉、跑偏，或者開口慢半拍，惹得後座的我捧腹大笑。我又記得，自己在你汽車的後座躺着，看高速公路快速流動的樓房、佈滿灰塵的枝葉在天空飛過，數着由公里築成時間距離我們一同回到原鄉的差距。

從前最喜歡你一句我一句，二人接龍般，逗趣你的妻。少見但有默契的，在你隔絕形狀尚未太立體時，我們之間仍有話。

後來不知怎的，泡沫在大浪湧翻過後，下一秒已淹沒。好像什麼都不曾發生。湧動只是自己心間的節奏。

長年分隔兩地，你的妻對你的生活掌握得比較零碎，只能通過一、兩通電話，兩週一次會面來拼湊你的生活，拼圖方塊從每一句句子中尋找，有時甚至從你的電話裏直接尋找。也因此，找出些或紫或紅的印記。

五、陰影

第一位是四川女子。我記得。那年小學，你的妻帶我到親戚家，放下囑我聽話。看着她離開時愁煞人的背影，我覺得時間一分一秒都在抖落，但是有口無言。

那天晚上我好像沒有被接回家，落日長長照在矮房冷巷，我徘徊在自己影子附近，躊躇不前。

第二位是湖南女子，好像還在身邊，以另一身份。記得她有兒。按摩店出身，後來「躍上枝頭變鳳凰」，成為與你共事的財務部經理（現在大概不止這階層了？）。我去過那家按摩店，至今仍記得幽暗燈光與女子的手如何爬上你們的背，以手指按壓皮膚令人產生無法抗拒的柔軟力道。熱情招待無論如何回想起來都像一口井，裏頭一片昏暗深不可測，你卻躍身進去。我已經記不清她的臉容，唯獨一頭金色長髮，髮質粗糙乾燥，張口湖南口音正濃。她的笑容很好，當時的我很小，也很冷漠。

再後來呢？那就要問你了。

清晨醒來時，微光從窗簾縫隙滲入，填補了夜裏的昏沉。整間屋子靜悄悄，無人言語，只有我一人。所以這裏沒有碎裂、拉扯、牽絆，或是關起房門就劈里啪啦的唇槍舌劍。小時候每次我都很怕聽見嘈雜聲音。可同一屋簷，聲音又跑不掉。但事後你們會睜着眼說，沒事。

我也很想沒事，如常生活。不為俗事爭吵。

自從你的妻退休移居後，我開始獨居，這裏有我和我自己的影，只裝載我一個人的情緒。我開始移動餐桌到客廳窗邊，鋪上一塊藍灰棉麻桌布，放一束乾花、琉璃燭台，燃起白色梨香蠟燭。在MacBook播放音樂，爵士樂悠悠音符流瀉在屋內，空氣輕輕飄蕩——喔，還有藍灰桌布角落放着的一口陶瓷茶碗。由朋友親手捏製素坯陶泥、磨平多餘的棱角，刮出陶瓷生命的式樣，近似般若形狀，紋路一直爬至杯底。放進爐內燒製，完了刷釉，再風乾。這口茶碗很美，我時常近距離觀看茶碗外部的裂紋叢生。

來來去去，都是那些，一段關係裏的永恆命題。

你，我，她，他，影子之覆疊，如陶泥般，捏碎，變形，烘乾，又再生。

於是我就這樣背負着罪名

1

於是我就這樣背負着罪名，無法抗拒的理由，繼續上路。
你沉默就是最強而有力的抵禦，如牆，也如水般堅硬。

2

飯桌上對坐，他說：你真是無情。
我覺得我不。客觀上可能我是，但實際我知道我不。
我拒絕一切加諸在我身上，無理的，滑稽的，漫不經心卻又輕易脫口而出的罪名。它們如荊棘藤蔓般纏繞着我的腳踝，每當抬起腳，下一秒即感到寸步難行。

孝順不是一行詩。

3

屋內陷入夜的寂靜。

這麼晚了你還出去麼？她問。

「是的，約了朋友。」我答。

語言猶像一把冷刀，擲向米黃色地磚，砸碎了完整的明亮。九點一刻，淡月清澄掛在半空，滲出涼涼的寒氣。

她的回應先是沉默，我以同樣濃度的沉默回應。為着一個自己捏造出來的生硬理由，由此我感覺到極為不自然的毛躁。她無法理解也超出理解的負荷那些放諸在我身上如何量度也不適用的尺子，她想，我回來之後你總是不在。於是她灰了心，低下頭。心底不忍，只是一切超出我能夠回應的感情重量：疫情幾年，我已經習慣了獨居。

於是，我選擇成為一名逃逸者。

在這週之前，才回去韶城探望她。撥開人潮擠上高鐵我跟隨候鳥般遷徙，人面識別，回鄉證，手機訂票……一連串框框架架之中不得不被框住部分的我，過高鐵閘機時證件還是無法如常被識別車票，走人工通道，與小孩老人行李擠在一起，不時後方又會被另一個行李箱撞上腳踝。終於搭上兩小時的列車，在這之前，還有漫長的等候通關歷程。順利見面，短短相聚兩三天對我來說已經很足夠。

我不在，屋內只有她自己的影。期間只回去吃過一頓晚餐。這種逃逸並不尋常，即使同處一座城，我延擱在一個自我消隱的狀態，每日只在公司現身，若無其事地上班，下班。

活得好像一名苟且偷生的隱遁者。

4

很小的時候，我能分辨是誰提供金錢養活自己，是誰陪伴身邊生活。後來等到換牙季節母親把我接回身邊，教我用電飯鍋煮飯，等她回來。換牙季節，只有一人在家我對着洗手盆自己拔掉一顆一顆鬆掉的牙，流了一口血，慢慢擦乾。或是，看着母親在鏡前敷深灰色的海泥面膜，我眼中髒髒的東西一點兒都不敢碰。那時候的她一定非常年輕。直到我們搬進寶田邨，那個充滿道友跳樓砍殺情案以至比較貧窮也基層的地方生活，一切變為基本又純粹。節儉日子，她教會了我，錢不能隨便亂花，外賣不能隨便點。母親與我的生活時間錯開，輪班制度日夜顛倒以至於她工作的夜我在睡眠，我上學的晝她在休息。那是小學生的日子。

心靈成長由一人完成。奇怪敏感的心事由自己獨吞。

去遊樂場也是，穿着校服坐在鞦韆上獨自思索。沒有了無憂歡聲笑語飄蕩在記憶的空氣中。鞦韆、蹺蹺板、氹氹轉與穿在身上的校服一同褪色、老化，成長佈景板裏愈來愈拒絕色彩。寶田邨樓下也有孤獨的遊樂場，分佈在不同座的樓底。住處附近我們沒有任何親戚，因此節假日也不必跟誰往來。一碰見悠長假期，你會發現我們的身影會融入羅湖關口這面巨大的佈景板，跟所有返鄉之人一樣，像一個個人形木偶，等候被檢查、放行，然後奔回粵北原鄉。記得一次，在人潮之中我還把回鄉證弄丟了，大人們非常驚慌，我這個犯錯的孩子，盯着佈滿腳印的地板，頓時覺得天要塌下。歸心似箭就等這麼一天，我影響了返鄉流程，這是一件大事。

於是，羅湖橋對我的意義幾乎是如同布偶式被擺來盪去的佈景。這裏意味着離別與割捨，以及劃分出兩個不同的區域。只要輕輕踏過去，一片區域擴張，另一邊區域漸漸收攏。幾日後再度循環。隨年月累積，慢慢地再擺盪，橋的另一邊，愈來愈如羽毛般輕盈。

與土生土長的孩子相比，小時候生活充滿流動性。我們先是住在中轉屋邨，環境比一般公共屋邨混雜，狹小，母親眼中那些十多歲輟學甚至有黑社會背景的「飛仔、飛女」最後並沒有成為我的朋友。我們在屯門搬過一次家，後來搬進天水圍，兩母女如螞蟻搬家般在一個暑假完成所有物品的運輸。那年我升讀中學，我們像極所有的單親家庭，憑藉母女二人的力氣完成一個家的簡單佈置。父親的存在，疑幻似真。

5

那麼多年過去了。從大學畢業到碩士畢業，再從一間公司換到另一間公司，不知道哪一年開始風箏斷了線。

同父異母的姐姐結婚生子，兒子今年四歲。姐姐嫁得好，父親很是滿意，無甚怨言，過年時節收到女婿送來的兩條煙、一瓶酒，偶爾吃一頓生日飯見見孫子。如此簡單而平凡的心願。那是福氣。

今年大年初一的飯桌上，和家族親戚在湖邊餐廳吃全魚宴。因疫情隔絕，與三年未見的父親重逢。原本交談正常，話題不知怎的挪到了一處山頂。然後一切徹底崩塌，碎瓦四散，滿地狼藉。

「作為父母，我們期望你能夠傳宗接代，結婚生子。這是我們養大你的一點期盼。」

（原來，是這樣。二十八年後我恍然大悟。）

「不要覺得我們管你，我們只是為了你好。」

（熟悉台詞。另一種以愛的名義，約束你。）
「你的年紀不小了，也該想想。」
（我不是每天都在努力工作，想着做一個好人嗎？）
「你不要怪我説你，你媽也盼着抱孫。」
（世代繁衍成為一個生育機器？）

一開始氣到炸裂。後來眼淚直直地流，不抵賴，也真符合我的個性。飯桌上的空氣扭成一團，一度我甚至覺得無法吸氣。（這是哪門子戲在上演？二〇二三年？）三年後重逢，換來一桌肺腑之言。淚水直直燙燙地往下流淌，這一幕嚇壞我母親。怒氣就像一顆固執的氣球迅速膨脹，她放聲希望我忍耐情緒。我沒忍得住一眼掃向她，目光鋭利如刀。

炸裂時什麼都碎了。我以為互不干擾是最後的尊重，以為我不揭穿那些刺刺尖角就能換來和平。

我知道，他們沒説出口的是：龍鳳鐲買好，戒指買好，才發現你身邊沒有一個結婚對象。

（對你的愛，竟無處安放。）

工作辛不辛苦。興趣是什麼。理想可以鋪到一條橋的什麼地方。那些我埋首努力的日日夜夜，如何把一天時間砍成兩半，維持工作和興趣的相互生長——他們都看不見。我在自己的舞台，跳着自己的探戈。

衡量一個人的指標：月收入，婚姻，如果有下一代更好。

養兒防老。養兒防老。這組咒語徘徊在華人社會的上空，陰魂不散。

於是我就這樣背負着罪名，繼續上路。

明明喜歡古老傳統，也喜歡古老語言。只是「傳宗接代」這四個字聽起來無論如何都彷彿生着刺。婚姻不婚姻，個人選擇。一池濃得化不開的傳統觀念如厚重枷鎖將雙腳自動戴上鐐銬：從此你不只是你，我也不只是我。家族之間，夫妻之間，白眼，是非，比較，隱瞞，不忠，欺騙，這是我看見婚姻中千瘡百孔的模樣。然後，還死纏着彼此不放。

那年大年初一，飯桌上擺着各種刀工、製法、集河鮮與湖鮮的魚類精華，成為色澤亮麗的一道道菜式。只是所有尖尖小小的魚刺，彷彿都扎在了一個人心上。

當然，他們只是愛你。

無傷時代

一、踏着碎片而行

苦結纏於心，不堪言，沉默如刀，自刺，內臟翻騰，見血。語言是多餘的廢物，被棄置在荒野。

色即是空。空即是色。諸法空相。不生不滅。

你知道生活很難如願。

你閉眼，蜷縮，如同一隻不小心受傷的貓，輕舔自己身上的傷口。舔一口腥血，再舔一口，血絲綿綿腥味濃郁一擁而上，嗅覺充盈忽然有一股止不住的狂喜，在湧動，在奔放。以為傷口撕裂會疼痛會打擊只是沒想到，它竟提醒着你，血的喜悅，一如生之喜悅。

（歲月多磨，日日夜夜磨練那顆柔軟的心。）

到離島，小路綠樹成蔭，雲淡風輕，細細的雲絲纏綿悱惻黏於淺藍佈景板，三月最後一天，殘酷月份即將來臨。生活就像一場巨大的欺騙，你被捲入，以為花果纍纍，以為初春爛漫。病毒有可能潛藏在林間葉隙樹洞壁甚或一片花瓣裏，無從得知的欺騙，是你潛伏於深海卻如何也追尋不到的，不存在的憑證，如同關於他與其他女子的那些曾經。

上次走進沙灘，沿路印着你來時的足跡。走遠了頻頻回頭，才驚覺大浪沖刷至光滑無痕。（如果存在的憑證，是你留在他身上的痕跡，往後被大海沖刷至無，你甘心？）一段一段旋律詭異情感碎裂一如巴哈無伴奏大提琴組曲，每一根弦拉扯時，你無不感到怵目驚心。（如果你的靈魂感覺到痛，又怎樣。）

如果真有所謂的起點，兩年前你一人來到島上，攜同一本書、飲同一杯酒、抽同一根煙，那時你們剛相識，大千世界萬物處於熱烈分享的階段，連閱讀也是。（能不能說，「黎耀輝，不如我哋由頭嚟過？」）

你再次進入印度餐廳，坐在吧枱褪下口罩，年輕老闆走了過來說：「Hey, I remember you after you removing your mask.」沒想到，兩年過後，竟有人認得這張臉。

時間如此一晃。

「Two years ago.」

「Two years ago.」

「With the same book.」

「With the same book.」

我舉起手上短小窄身的《媚行者》，淡紫素描封面，老闆重複着我的話。

相視，而後我們彼此，露出笑意。

記得或遺忘，冷漠或淡然。重要與否，從來因人而異。

（有心就好了嗎？）

（如果你的心，不經意被糟蹋了呢。）

二、一晃如昨

記得兩年前，也是下午來到。沿着小路行走，轉角不遠處遇見這間印度餐廳，有吧枱也有酒主要是沒人。登門坐下，點了一杯 1664 Blanc Draught，開始看書。

（「我從腳，理解自由。」）

（「小蜜的心的微痛，時常都在，不會更多或更少。痛的程度，是零至二度。」）

當時沒想到，如果一不小心走入了荒野呢。

（無人之境。他的心境。）

我們的生活不比蟻大，不比海寬。今天楊説會不會只是，一個人被套在牢籠裏，而那籠子是跟隨着人移動的。他對於W的想像。我説，聽你敘述，感覺她的餘生離「快樂」二字真是遙遠。（就這樣老去了嗎，漸漸地，喑啞，沉默，細小。）

我們總是為着生命裏極微小極微小的事情傷心。免不了的，會不會誰就是我們任何一人，未來的縮影。「快樂短暫，而苦痛漫長。」多年前種在你腦裏的句子。

（耳邊響起他關起房門的聲音。）

其實世界不需要更多顏色，出門時，我穿了一身素淨的白，白得透光、潔淨，甚至有點明亮。（而白，同時意味着純淨與死亡。）但今天不一樣，當我走到海灘，才發現眼前無路。一整片沙灘被醜陋膠帶圍封，拒絕進入。於是只能沿着外圍，望入內，救生亭有人，坐着，在圍封範圍以內，她悠閒地坐在那兒望你。

交換眼神的剎那你忽然感到膽怯。被拒絕被封閉的人，是你，她光明正大地袒露着。你眼巴巴地望着什麼，目光一無所獲。

忽然你覺得在炙熱陽光下曬得那張僵硬的臉有些難堪。這是一種什麼時刻，看似是無人之境，原來還有人。（只不過不是你能跨越的界限。）

只好沿着小路離去，才發現到處擠滿了人聲，尤其小孩的尖叫、歡呼、狂喜，他們演遍了人間的喜悅劇情，日日都是他們的狂歡節。（請問有人可以掐住小孩的喉嚨，讓他們停止吵鬧麼？）小生命是為了給世界製造更多白色噪音嗎？然後人們自己一一承受。這種製造與承受，又多麼像愛情。

後來累了，我在高處的礁石坐下且背向人群，遠處垂釣的人繼續垂釣，尖石頑固，海水依舊流動，風景畫沒變。人無一處安身之所，屋不是家。沿途閱讀風景的碎片，枯葉、禿枝與凋落的花，我讀到了春天的腐朽與衰敗，在眼前，一一攤開。

（不是所有自然都美麗。有時，也可以很扭曲。）

三、此情此景

（「可一而不可再。很多事情，可一而不可再。」）

所以生存的靠近，每次相遇都成為一種冒險。兩年前我來到島上，坐於吧枱，把《媚行者》和酒杯放在一起，傳你。

「今天想透透氣，早上工作了半天，搭船來到南丫島。喝杯啤酒看會兒書，再回到擁擠的城市。順手帶了《媚行者》來讀。」我說。

「一個人去離島很好呀，願能靜心。我又出門去治療了。」你說。

那麼輕盈的語言，美好之初。重讀，忽而照見另一種形狀。

同一天晚上，我把日落、海灘的照片傳你，寫着：今天的南丫島，極美麗。海面像一塊油畫布。

當時我跟曼竹説，經歷過不少，總會拿捏好分寸的。投入但不傾盡全力，保留自己。兩根浮木逐漸漂近，那刻語言散發的魔力與魅力，光芒萬丈，我以為，只要願意。

明知道生存從來不靠近，結果，那年你開始留在了我的記憶裏。

二月二十六日，那天照片的取景角度同樣落在吧台。招待我的老闆也是Parker。

吧枱坐久了，我移到 outdoor，點根煙。

消防救護車呼嘯急駛，停在跟前，車身紅彤彤，小巧玲瓏。忽然門打開，擔架床推出，上身赤裸的外籍男子昏迷不醒，他手臂有紋身，眼緊閉，臉無血。救護員非常緊張，途人店家圍着看戲。我冷冰冰地抽着我的煙，看着一切發生，木然。可能酒精一時麻痺了神經。

傍晚六點，要離開了，Parker 看着我。

「Hey, I couldn't remember your name.」

「S.」

「Okay, S. See you next time.」

「Parker, take care.」

我知道最終生活剩下的，只是細細碎碎的無用之語。在你關起的房門外，我在自己的房間裏，輕輕自喃如唸咒語以便詛咒自己。半夜翻出舊語窺探記憶時曼竹説，我只是在丈量歲月的落差。又何必呢。

歲月有落差嗎。（如果我真的走至你生命深處）停留是一會兒嗎？

夜幕低垂，船身搖搖晃晃盪入城市，大樓成為佈景板。上回從離島回程的船，也是緩緩駛入夜景。你拉我至船尾，一起注視船後源源不絕的波紋。景色一截一截縮小，記憶一段一段綿長——

我在船尾，替你拍了張夜景照片，靈魂攝入當夜的璀璨。

（「以為是自由。其實並不。差不多了，細細坐在桌子上，搖着腳。我今年二十八歲了，細細説。還好年輕，我説。一生還長呢。」）

自由，熱烈，愛，一時一刻的靠近。甜美生活，彷彿一直遙遠。

人是自己走進自己命運。
燈會亮，沒什麼。

——B.

書名：人間荒原
作者：葉秋弦
出版：匯智出版有限公司
香港九龍尖沙咀赫德道2A首邦行八〇三室
電話：二三九〇〇六〇五　傳真：二一四二三一六一
網址：http://www.ip.com.hk
發行：聯合新零售（香港）有限公司
香港新界荃灣德士古道二二〇至二四八號荃灣工業中心十六樓
電話：二一五〇二一〇〇
傳真：二四〇七三〇六二
版次：二〇二四年七月初版
國際書號：978-988-70506-5-0

責任編輯：羅國洪
裝幀設計：Bear
內文校對：金文蕙

香港藝術發展局全力支持藝術表達自由，
本計劃內容並不反映本局意見。